ことのは文庫

書棚の本と猫日和

佐鳥 理

MICRO MAGAZINE

目次
Contents

書棚の本と猫日和

第一話

コバルトブルーのお守り

バックルームを出ようとして、春日井聡子《かすがいさとこ》は姿見の前で足を止めた。後ろで一つにまとめた髪に指を通し、顔周りの後れ毛がS字カールになっているかを確認する。眉上で切り揃えた前髪を指先でつまんで、形を整えた。

美容師の髪型は、一番わかりやすいヘアカタログだから、仕事中のスタイリングキープは絶対だ。

深呼吸して背筋を伸ばし、自分自身に笑顔の魔法をかける。

仕事中は役者だと思って、気を抜かずに演じなさい。それは五年前、聡子が〈美容室ブラン〉に入社したとき、先輩美容師から叩き込まれたことだった。

白を基調とした店内には、足元まで映る楕円形の鏡と、スタイリングチェアがそれぞれ八台並んでいる。入り口近くの席にかけているのは、結婚を理由に退職した後輩の美容師から引き継いだ、二十代前半の女性客だ。

「前川《まえかわ》さん、おはようございます」

鏡をひょいと覗き込み、聡子は声をかけた。視線が合うと、不安げだった表情が笑顔に変わる。

「前回はいかがでしたか」

「すごくよかったので、今日も前と同じでお願いしたいです」

実はこんなふうに、襟足の生えぐせが気にならなかったのは初めて、と明るい表情で話す姿を見て、引き継ぎが上手くいったことにほっとする。

前川は、後輩がスタイリストになりたての頃から、長い間指名で来店していた顧客だった。「他の美容室で働くならついていく」と言っていたが、退職後は夫となる人の、仕事の手伝いをするのだと聞き、途方に暮れていた。

一度は迷いながらも店に来てくれたが、もしかしたら次は他の店に行ってしまうかもしれないと、心配していたのだ。

肩にタオルをかけて、髪の内側から指を通した。伸びたときのくせの出方や、ヘアカラーの退色度合いを確認していると、前川があっ、と声を上げた。

「春日井さん、袖のところ何かついてるかも」

鏡越しに指されて、聡子は腕を返して袖の後ろ側を見た。黒い染みが足跡のように点々とついている。知らぬ間に、カラー剤を飛ばしてしまっていたようだ。

「ああ、こんなところに。気づきませんでした」

朝一のカラーだろうか。おろしたての洋服だから、かなり気をつけていたはずなのに。

「美容師さんって大変ですよね。洋服何枚買ってもだめにしそう。黒っぽい服を着ると、汚れが目立たないかも？」

「暗い色の服を着ていると、自分がお客さまの後ろに立ったとき、髪と服の色が重なって、カットラインが見えにくいんですよね」

それに、ブリーチ剤やパーマ液がはねると色落ちしてしまうから、結局どっちもどっちなのだ。それならば服は明るい色が良い。

前川は顎に手を当てて、汚れた袖を見つめている。

「大丈夫ですよ。いつものことだし、目立たなくなるくらいには落とせますから。なんて、またすぐに汚しちゃったりして」

微笑みかけると、今日のオーダーを確認し「先にカラーをしていきますね」と、バックルームに戻った。

シンクに立つと指先に石鹸をつけ、染みを擦《こす》った。薄まって広がるばかりで完全には落ちなかった。対処が遅く、繊維に色が入りこんでいる。

今月だけでもう、お気に入りのシャツを何枚だめにしただろう。

濡れてしまった袖をタオルで叩いていると、入社半年の伊東《いとう》という女性アシスタントがバックルームに顔を覗かせた。

「春日井さん、クロスかけてカラーの準備しておきますか」

「はあい、お願いします」

返事は聞こえているはずだが、彼女はなかなかその場を離れようとせず、きまりが悪そうに立ち尽くしている。

「もしかしたら春日井さんの服、わたしが汚してしまったかもしれません」

「え？」

「さっき、前川さんとの話を聞いてました。今朝わたし、隣のセット面でカラーやってたんです。急いでいて、薬液をカラークロスとか床にも落としていたので。袖の後ろ側になんて普通はつかないですよね。本当にごめんなさい」

青ざめた顔で頭を下げる後輩を見つめながら、聡子は肩の力が抜けていくのを感じていた。好きな服を汚したのが自分のミスならば、自己嫌悪に陥るが、他人がしたことならば許すことができる。

「教えてくれてありがとう。気にしないでね、大丈夫だから。昔はよくやってたから、わかるんだ。わたし、すごく不器用だったの。塗布は遅いし、急げば薬飛ばすし、春日井はもうアシスタントには入らないでくれ、なんて先輩に言われたこともあったくらい」

「春日井さんが？　すごく器用な人だと思ってました」

「全然だよ。だから、伊東さんすごいなあって思って見てる。わたしは一年目、大変だったから」

伊東は驚いていたが、もし手が空いていたらカラーのヘルプもお願いします、とこれまでと信頼が変わらないことを示すと、安心した様子で店内に戻っていく。

聡子は気を取り直して、カラー剤の準備を始めた。

美容師一年目は、心が追い詰められるほど叱られて、たくさんのミスをした。毎日が苦しくて「もう辞めたいです」と弱音を吐き、店を休んでしまったこともある。

スタッフの入れ替わりに伴って、店の方針も自然と変わっていったが、聡子が入社したばかりの頃は、技術以外の面でも厳しく管理されていた。

営業が遅い時間まで長引いても、練習は毎晩必ずあった。「疲れたよね」と同僚と一緒に項垂《うなだ》れると、「練習中でも窓の外から見られているということを忘れないで」と叱られた。人を美しくする場所は、特別な空間でなくてはならず、美容師は顧客にとって、身近すぎる存在になってはいけないのだと。

接客をしていると人には言えない家族の悩みや、恋の相談、企業秘密を聞くこともある。なんでも心置きなく話せるのは、誰よりも身近な他人だからだ。そして程よい距離を保つ方法は、自分の日常を見せないことだと言われ続けてきた。

期待に応えようとして頑張り続けた結果、トップスタイリストの地位に恥じない振る舞いは身についたのかもしれないが、時々なんのためにこの仕事をしているのか、わからなくなる。

店内に戻って、伊東と二人でカラー剤の塗布を始めると「春日井さんってテレビとか見ますか?」と前川が訊いてきた。

「時々ニュースを見るくらいで」

「今朝テレビつけたら情報番組で、新宿《しんじゅく》にある話題のお店が紹介されてて。この近くにある、本屋が特集されてたんですよ」

「本屋さん、ありましたっけ？」

すぐには思い当たらなかった。昔は徒歩五分ほどの場所に、中規模の書店があったのだが、今はもうなくなってしまった。

「あれ。新宿御苑《ぎょえん》沿いにある、観光案内所が一緒になってるところ、知りませんか？　看板猫がいるお店です」

聡子は笑顔のまま伊東に視線を送り、救いを求めた。

「あ、わたし知ってますよ。去年できた、ガラス張りのおしゃれな本屋ですよね。あそこ、観光案内所もやってたんですか」

猫を見た記憶はないですけど、と伊東が首を傾げている。

時々早番の帰りに、御苑沿いの道にある、オープンカフェに寄ることがあるという。中に入ったことはなくても、店そのものは知っているらしい。

前川は、そうその店、と声を弾ませる。

「新宿の辺りって、以前にも増して観光客が多いじゃないですか。行動範囲も広がってるから、このエリアの観光案内所も需要あるって、インタビューで言ってましたよ。オーナーが新宿で生まれ育った人で、詳しいみたい。それでですね、その新宿人のオーナーがすごく格好良いんですよ」

書店の話ではなく、こちらが本題だったのかもしれない。

「後で調べてみてくださいよ。格好つける必要なしの、肩の力が抜けたところが都会人っていう感じなんで」

前川から言われて、伊東はもちろん調べますよ、と力を込めて返事をする。二人の話は好みの芸能人へと移っていく。

こういうとき、自分とは違う興味を持つ、アシスタントの存在が頼もしい。

会話が途切れるのを待って、ちょっといいですか、とフロント担当が聡子の隣に立った。伊東にそのままカラーを任せて、受付に向かった。

予約変更の問い合わせを受けて、返答に悩んでいるようだ。この後の枠で縮毛矯正の予約をしていた客が、施術を明日の夜にずらせないかと連絡をしてきた。希望通りの時間に変更すると、閉店までに施術が終わらなくなるが、近い日にちで三時間枠の空きがない、とのこと。

聡子は受付のパソコンでカルテを確認した。次が二度目の来店になる。

翌週以降に回してほしかったが、断ることはできなかった。新宿エリアの美容室は乱立状態で、ただ髪型を気に入ったというだけでは、次に来店することはない。百パーセントを超える満足をしてもらっても客を逃すような、厳しい状況なのだ。

仕上げの最中、これから新宿で友人と会うと聞き、聡子は前川の髪を軽くブローする。以前、後輩美容師がしていたのと、同じ仕上げだ。艶を出そうと、聡子はヘアオイルの瓶を棚から取った。

「春日井さんの後れ毛、いつもかわいいですよね。実は前から、いいなあって思いながら見てました」

「これですか？」

朝にくせづけした、顔回りの髪を摘まむ。

絶対に自分じゃできない、と諦めたように笑う姿を見て、聡子はワゴンからカールアイロンを取り出した。

「よかったら、わたしとお揃いにしちゃいますか」

すると表情がぱっと華やいだ。

仕上げをして鏡を見せると「すごくいいです、これからもずっと春日井さんにお願いしたいです」と喜んでいる。

有り難いことだし、嬉しくも思う。けれども時々、ずっと、という言葉に押し潰されそうになる。

会計と見送りを終えると、聡子はコートを羽織って店を出た。

急な予定変更で、ぽっかりと時間が空いてしまった。カフェで早めのランチでもしようか。それだけだと時間を持て余すかもしれない。仕事用の服を買いに新宿に行く？　気に入った服を買ったところで、すぐにだめになることがわかっているから、楽しい買い物ではないのだけれど。

悩みながら歩き始めたとき、聡子はふと前川から聞いた、書店のことを思い出した。

大通りを曲がって、新宿御苑沿いの緑溢れる道を歩く。テラス席のあるカフェを覗きながら進んだ先のT字路に、全面ガラス張りの店を見つけた。

店内の窓に〈frère（フレール）〉と書かれた木製看板が立て掛けてある。窓際にはカウンター席が設置され、一見カフェのようだが、新宿、東京《とうきょう》、浅草《あさくさ》など、観光客向けのフリーペーパーが収まっているラックが見えて、ここが例の書店だと、聡子はすぐに気がついた。

入ってみたかったが、店内の灯りはまだ点いていない。オープン前なのか、それとも今日は休日なのか。

聡子が店内の様子に目を凝らしていると、キャリーリュックを背負い、両手に紙袋を提げた男性が、息急《せ》き切って駆けてきた。

噴き出した汗で濡れた前髪が額に張りつき、メタルフレームの眼鏡は滑って鼻先まで落ちている。パーカーにジャケットを羽織っているが、足元はなぜかサンダル履きだ。二十歳前後に見えるが、店員だろうか。

紙袋を下ろすと、スマートフォンを取り出して操作する。〈美容室ブラン〉と同じアプリ認証式の鍵だ。

彼が店の中に入ろうとしたタイミングで、聡子は呼び止めた。

「あの、すみません」

何時からですか？　と訊こうとすると、彼は跳び上がらんばかりに驚いた。

「今開けますから」

店に駆け込んだがすぐに引き返し、思い出したように入口のガラスドアを開けた。

「どうぞ」

ドアは二重になっている。一坪ほどのエントランスの正面には〈フレール〉という金属プレートのついたガラスドア、右手に二階へと続く階段がある。

書店は一階だけのようだ。階段には、関係者以外の立ち入りはご遠慮ください、と書かれた看板が置かれていた。

聡子は〈フレール〉の中に足を踏み入れた。

窓から差し込む陽射しだけでも、店内は十分に明るかった。窓際のカウンターは五席、残り三面の壁には、正方形に区切られた本棚が、ずらりと並んでいる。入口正面には陳列用ひな壇が置かれているが、所狭しと棚が並ぶ一般の書店と比べると、スペースに余裕がある。観光案内所を兼ねているからだろうか。

男性は床にリュックを下ろして、木製看板を表に運ぶ。フリーペーパーのラックを移動しようとして足を引っかけた。散らばった紙をそのままに、BGMをかけて間接照明を点けてと、開店の準備を始めている。

急かそうとしたわけではなかったのに。

聡子が申し訳なさを感じながら、床に散らばったフリーペーパーを拾い集めていると、緩やかに流れるピアノの調べに、獣の唸り声が交じっていることに気がついた。

床に置かれていたリュックが暴れている。近づいてそっと指で突《つつ》くと、にー、と低い声がした。

「ああ、やばい。ちよさんを忘れてた」

男性は慌ててこちらにやってきて、リュックの上蓋を開いた。網目の中蓋の向こうにいる、白地に黒いぶち模様の入った猫と目が合った。聡子を見上げて何度も鳴いている。

「猫ちゃん」

そういえば前川が、看板猫がいる店だと言っていた。

聡子が猫の方に指を出すと、急に手首を掴まれた。驚いて振り向くと、

「うわあ、すみません。つい」

男性はすぐに手を離して、尻餅をつきそうな勢いで仰《の》け反った。

「全然大丈夫ですよ」

普段、人の髪や身体に触れる仕事をしていることもあって、あまり気にならない。

「本当にすみません、多分今うちの猫、最悪に不機嫌だと思うので」

寝坊して、開店時間に間に合わせようと、家からずっと走ってきたから、揺れに腹を立てて鳴き続けていたのだそうだ。

「ちよさん、キャリー嫌いなんですよ。この間は蓋を開けた瞬間に、爪で首をばさーっとやられちゃって」

「ええ？」

聡子は思わず口元を覆った。だが彼は「ちゃんと急所を狙ってくるんですよね、野性の血ってすごいですよね」と、照れ笑いしている。

飼っていると、そんな凶暴なところさえも、愛おしく感じるものなのか。

「ちよさん、野良歴長いんですよ」

家の近くにいつもいた野良猫が、ある日脚に酷《ひど》い怪我を負っていることに気がつき、家族の一員として迎えることにしたそうだ。

「この店、看板猫がいるっていうのが謳い文句なんですよ。書店のオーナーの飼い猫なんですけど、その猫が人見知りすぎてなかなか出てこないもので。今日はうちのを、と思って連れてきたんですけど」

にー、とまた声がして、リュックの中を覗き込むと、不機嫌そうな猫の顔がある。きっと早く出してほしいのだ。落ち着いたら出すからね、と優しく声をかけられて、ようやく少し静まった。

「すみません、どうでもいいこと話して」

「いえ、猫ちゃん好きなので。うちの近く、地域猫が多いんです」

「そうなんですか」

親しげに話していたが、ふっと目を背ける。肩口で汗を拭いながら、床を滑っていって

しまったフリーペーパーを拾い始めた。

駅などにも置かれている、東京の観光ガイドの他に、手書きの文字やイラストが描かれ

た、近隣エリアの地図があった。新宿御苑の散策マップ、昼夜別になった飲み歩きガイド

や朝食ガイドなど、種類は色々で、読んでみたくなる。

「このフリーペーパー、一枚ずついただいてもいいですか？」

「どうぞどうぞ、何枚でも」

頬を紅潮させたまま、彼は言う。

「こちらは本屋さんだけど、観光案内所でもあるんですよね？」

「そうなんです。ここのオーナーは学生の頃から色々な事業やってる人で。このチラシも

自分で作ったって言ってました」

彼は入り口の脇にある、ガラス壁で仕切られた階段に目を遣った。二階がオーナーの会

社だという。フリーペーパーに、作成者のプロフィールが載っていた。

桜井悠《さくらいはるか》。新宿生まれ、新宿育ちの飲食店コンサルタント。飲食店経営の他、観光相談所や書店の運営などを手がけている、と書いてある。

美容室で顧客と話をしていても感じるのだが、最近は特定の分野に特化せず、幅の広い分野で経営をする人が多い。この店もそういう好奇心の強いオーナーが作ったのかと思うと、独特な雰囲気にも納得できる。

一通り整えると男性は深々と頭を下げ、レジ周りの開店準備を始めた。

さっと覗いて、そのまま服を買いに行くつもりだったが、話を聞くうちに、この書店に興味が湧いてきた。

聡子は端からゆっくりと本棚を眺めていった。

最近、本を買うどころか、書店にも行っていなかった。以前は月に何度か美容室用の雑誌やヘアカタログを買いに行くのが当たり前だったが、二年前から雑誌の代わりに電子書籍の読めるタブレット端末を置くようになった。書店に足を踏み入れるきっかけがなくなってから、ほとんど何も読んでいない。

今はどんな本が流行っているのだろう。

一つの棚に、サイズもジャンルも違う本が並んでいる。より分け方を不思議に思っていると、店員の男性は棚から本をいくつか抜き取って、入口のひな壇に並べ始めた。

面接の極意、一人暮らしのお手軽レシピ、数年前に流行った映画の原作小説、漫画本、画集、色々ある。

彼の腕から一冊の本が滑り落ちた。霧がかかった森の幻想的な写真に聡子の目が吸い寄せられた。

「その本、見せていただいてもいいですか」

「それは、もちろん」

本を手渡され、その場でぱらぱらとページを捲る。

異国の風景だ。荒野に敷かれた一本道の先の、コバルトブルーに目を奪われて、さらにページを捲る。身体に風が吹き渡り、青空は本棚もビルの壁も塗りつぶし、果てしなく広がっていく。この空の色は本物なのだろうか。見たこともない景色のはずなのに、懐かしさが感じられる写真が続く。

聡子はいつの間にか詰めていた息を吐き出した。

高校の修学旅行で、初めて北海道《ほっかいどう》に行った。新千歳《しんちとせ》空港に着陸してタラップを下りたとき、風に呼ばれた気がして顔を上げた。視界に映った遮《さえぎ》るもののない青空に驚いて、足元をまじまじと見た。地面に触れているのは靴の底だけだ。人間は空の領域で暮らしていたのだと初めて知った。それからは旅行中、どこかふわふわした気持ちで、幾度も空を見上げたのだった。

東京で暮らしていると、目に入るのは地面と建物ばかりだ。部屋の窓を開け放っても、すぐ隣に誰かの家があるのが当たり前で、外を歩けば連なる店の賑やかなディスプレイに意識がいってしまう。

地平線から陽が昇り、空を赤く染めながら彼方へと沈み、夜が訪れる。当たり前に繰り返される地球の営みは、連れて行かれたどんな観光名所よりも心に焼きついたはずだった。それなのに、胸を打たれた出来事さえ、ずっと忘れていたなんて。

聡子は本を持って、レジカウンターに向かった。

男性は「千円です」と、本に挟んであった売上カードを見せてきた。

「え？　でも」

本の裏表紙に印刷されていた金額は、もっと高かった気がする。

「もしかして、古本なんですか？」

「えっと、古本っていうか、僕の本なんです。でもまあ古本か」

彼は頭を掻きながら俯いた。一体どういうことなのだろう。

「さっき、この書店のオーナーは二階にいるって言ったんですけれど、ここにある棚の一つひとつは、別々の人が管理しているんです。そういう本屋を、『シェア型書店』っていうんですけれど」

「シェア型書店？」

初めて聞く言葉だった。

男性はレジカウンターから出て、本棚に向かって歩いていく。振り返ると「ここが僕の棚なんです。箱というか」と棚の一つを指した。

〈フレール〉は一棚ごとに管理する人が違う、小さな書店の集合体で、それぞれが月額料金を支払って、棚を借りているのだという。棚を借りている人のことを『棚主』と呼び、店番は棚主による交替制で成り立っているとのことだった。最近急速に広まりだしている、仕組みのようだ。

「そういえば、棚を借りてハンドメイド作品を販売できる雑貨屋さんってありますよね。本屋さんにも同じような仕組みがあったんですね」

聡子は納得したのだが、彼はそういう形態の雑貨店を知らなかったのか、へえ、と眼鏡の奥の目を丸くしている。

「一応全部の棚に、ちゃんと店名があるんですよ。本に埋もれちゃって、わかりにくいんですけれど」

棚の側面の壁に名刺サイズのカードが貼られていた。彼の棚名は〈ハンモックの猫〉だ。

「あ、猫ちゃん」

聡子は振り返って、暴れ疲れて大人しくなったリュックを見た。

「あの、猫を出しても大丈夫ですか」

彼が恐る恐る目を覗き込んでくる。

「大丈夫ですよ」

微笑みかけるとはにかんで、リュックへ忍び寄った。猫は先程までとは違う、落ち着いた声で鳴いた。

網目の中蓋に、頭を押しつけている。ファスナーを開くとすぐ、艶やかな毛並みの猫が頭を出した。明るいイエローの瞳が聡子を見つめた。

「ちよさん、ごめんね」

猫は前足で彼の手を払いのけ、一跳びで床に降り立った。辺りを見回し、警戒しながら歩き出す。

「色々教えてくださってありがとうございます。お会計の途中だったのに」

聡子が言うと、そういえばそうでした、と彼はすぐにレジに戻った。

会計を終えると、カフェメニューを出してきた。カプセル式コーヒーメーカーを置いていて、一定金額以上の本を買った客に、一杯サービスしているという。

聡子は注文を済ませて、新宿御苑を臨むカウンターの、端の席に座った。コートを脱いで、窓の外に目を向けた。

十月ももうすぐ終わる。木々は色づき、季節は着実に冬へと移ろい始めている。

ガラス越しの陽射しの温もりに安らぎながら、買ったばかりの写真集を一ページずつ捲っていった。出会ってしまった、というと大袈裟かもしれないが、ここに来なかったらきっと一生見つけることのできなかった本だった。春の柔らかな風、道端に咲く草花を包み込む陽射し。写真が心の奥で眠っていた記憶と結びついていく。

新鮮な感覚に浸っていると、コーヒーが運ばれてきた。

「素敵な本ですよね。すごく良いです」

聡子はつい、話しかけていた。これまで写真を見て、こんな気持ちになったことはなかった。心の昂《たかぶ》りを上手く伝えることができそうになくて、もう一度「すごく良いです」と繰り返す。

「実はその本、僕も一目惚れだったんですよ。偶然なんですけれど、僕が生まれた日に発行されたというのもあって、思い入れがあったりします」

どうでもいい情報ですね、と自己完結して彼は苦笑する。

「思い入れのある本なのに、手放してしまうんですか」

「ええと、気に入ってたんで、誰かにこの本を知ってほしくて」

それを聞いて驚いた。好きな本を誰かに知ってもらうために手放す。そんな可能性を考えたことがなかったのだ。

「わたし、本を売りに出す理由って、その人にとってもう要らなくなったからなんだと思ってました」

「そういう本も確かにあるんですけどね。本棚に入りきらないまま積んで忘れているものとか。読もうと思って買ったけど、タイミングを逃したものとか。一冊読み終わると気が大きくなって何冊もまとめ買いするので、家が大変なことになっていまして」

自室が本で散らからないようにと、別の部屋を書庫にしたが収まりきらず、結局は家中が、本で埋め尽くされているらしい。

「え、すごい。本当に本が好きなんですね」

自分で小さな書店を持ちたいと思うのは、こういう人たちなのだろうか。

「いやいや、そんなことないですよ。僕より好きな人なんて、たくさんいますから。ここの棚主さんとか、みんなきっと僕よりも読んでるし、詳しいですよ」

家には収まりきらないほどの本があり、誰かに自分の好きな本を知ってもらいたくて棚主になる。それが本好きじゃなければ、なんなのか。

「今就活中なんですけど、面接で趣味を訊かれても困ってしまって。他に何もないのに、どうしても読書、とは言えないんですよね。ただ面白いなあって思いながら読んでるだけで、周りの人と比べると深いところに辿り着けていない気もしてますし」

「いいんじゃないですか、自分が好きだと思うものは周りに関係なく、好きって言ってしまって。だって好きの度合いを誰かと比べていたら、世界でほんの一握りの人しか、本を好きだって言えなくなってしまうし」

彼は呆然としたまま「世界か。スケール大きいですね」と呟いた。

聡子は買ったばかりの写真集を、さっと顔の前に掲げた。

「そうじゃないと、わたしだって今知ったばかりのこの本を、好きだなんて言えなくなっちゃいます。運命の出会いだ、って思ったのに」

「そうか、確かにそうですね」

強張っていた表情が、解《ほど》けていく。

「実は気に入っている本を売るのって、初めてだったんですよ。だから、自分が店番のときに、目の前で選んでもらえたことが嬉しかったです。ええと、さっき発行日が誕生日と同じだったって言ったんですけど、色々悩んでいたときに買った本でもあるんですよね。空の写真を見て、いいなあって思って。いやまあ、空なんて本で見なくても、世界中どこにだってありますけど。いつでも行ける場所って、かえって行かなかったりするのと同じで、いつもそこにあるものって、ちゃんと見ないのかもしれないなって。誰かに同じように、ただ空を見上げてみてほしかったんです」

それだけじゃなくて、他にも理由があったと思うんですけれど。買ったのが高校一年の頃だったからなあ、と顎に手を当てて、首を傾げている。

「大切な本なのに、わたしが買ってしまってよかったんですか」

自分のために本を買うのは、いつ以来かわからない。実は今住んでいるアパートに本棚がないと知ったら、きっとこの人は驚いてしまうだろう。

「いいんです、いいんです。顔を上げればいつでも空があることに、もう気づいたんで」

彼は口元を綻ばせている。

「その写真集、実はシリーズになってるんですよ。今度続きを持ってきますから、また近くに寄ったときにでも、覗いてみてください」

「楽しみにしてますね」

ガラスの向こうで、二十代前半くらいの西洋人の男女が足を止めた。外から覗いて興味を持ったのか、そのまま店内に入ってきた。話しかけられて、彼は流暢な英語でシェア型書店について説明している。

意外な一面を見せられたような気がしたが、買った写真集も外国の風景を撮ったものだ。大学生の中には長い休みを利用して、旅行をする人もいる。色々な国を巡るのが好き、とか。彼ならばそれでも旅行が趣味だとは答えないのだろうなあと、面接の風景を想像してしまい、聡子は口元に笑みを浮かべていた。

また機会があったら訊いてみよう。

コーヒーを飲み終えてから席を立った。帰り際に振り返ると目が合って、互いに笑顔で会釈する。

彼の代わりの見送りか、ちよが聡子の後ろをついてきた。

「触れるかな」

その場にしゃがみ、驚かせないように顎の下辺りに手の甲を近づけると、体を擦り寄せてくる。思いがけない温かさに頬が緩んだ。

「また会おうね、ちよさん」

ガラスドアを押して外に出た。

「ああ、本当に良い天気」

十一月が近づき、風は冷たくなってきたが、その分陽射しが心地良く感じる。

聡子はすぐ正面にある、新宿御苑の木々に改めて目を遣った。

近くで働いているからいつでも行ける。また今度でいいやと、何年も前に一度立ち寄ったきりだった。久しぶりに行ってみようか。

チケットを買って、大木戸門《おおきどもん》から新宿御苑の中に入ると、聡子は〈フレール〉でもらってきた、散策マップを広げた。紅葉の見どころが書いてある。以前来たのも、秋から冬に変わる時期だった。プラタナスの並木道を見に行ったことを覚えている。

地図に書かれた順路にしたがって歩き始めた。森に囲まれた日本式庭園が見えてくる。江戸時代の面影を残す玉藻池《たまもいけ》だ。

聡子は中の島《なかしま》に架かる橋の上で足を止め、池の縁に覆い被さったモミジの葉陰で羽繕いする、水鳥たちを眺めた。

「この子たち、前もいたような気がするな。江戸時代からずっとここにいたりして」

新宿は新しいものが集まる街で、建物も人も暮らしも、忙《せわ》しなく変わっていく場所なのだと思い込んでいた。けれどもここに、何百年も前から池があって、命を継ぎながら変わらない暮らしをしている生き物がいるのかもしれないと思うと、信じられない気持ちになる。

橋を渡った先に、芝生の広場が見えた。平日だが、シートを広げて寛《くつろ》ぐ人たちがいる。聡子は芝生にハンカチを広げて座った。風に髪をなびかせながら、森の向こうに突き出した、新宿副都心の高層ビル群を見つめた。木々のささやきに耳を澄ませて、ただ空を見上げてみる。

初めてここに来たのは〈美容室ブラン〉の面接を受けた後だった。その場で採用が決まって気分が高揚していた。真っ直ぐ家に帰って、普段と同じように一日を終えてしまうのがもったいない気がして、ここに立ち寄ったのだ。

あの頃はただ、毎日自分の好きな服を着て、人を笑顔にする仕事ができる喜びに胸を弾ませていた。今は顧客と一対一で向き合うだけではいられない。売上への責任、働く人たちに対する配慮、抱えなければならないものが少しずつ増えていき、ビルが空を埋めていくように、当たり前に見えていたものが、隠れてしまっていたのかもしれない。

「あの人も、色々悩んでいたときに買った本って言ってたよね」

当時は高校生だったと言っていた。家族のことだろうか。それとも恋？　多感な時期、この本に何を求めたのだろう。

顔を上げれば、いつでも空がある、か。ビルに覆われた街で暮らしていると、忘れてしまいそうになる。地面と空が一続きになっていることを。忙しい日々に押し潰されそうになったとき、またこの本を開けば思い出せるだろうか。

聡子は膝の上で心のお守りになった写真集をそっと開いた。

読み終えて芝生に寝転ぶと、飛行機雲が吐息のように尾を引いていくのが見えた。風に包まれているうちに、本に書かれていたうろ覚えの一節が、まどろみかけていた身体の中を渡っていく。

空に向かって真っ直ぐに両腕を伸ばし、肺に溜めた空気をゆっくりと吐き出した。

ときにはビルを掻き分けることも必要だ。もっと心伸びやかに、感じるままに生きてもいいのかもしれない。この本に出会ってやっと、あるべき姿に戻れた気がする。

第二話

七年越しの贈り物

エントリーシートを記入していると、モニターの隅に「選考結果のお知らせ」というEメールの着信が割り込んできた。一週間前に受けた、電機メーカーの二次面接の結果だ。

白根《しらね》凜《りん》太郎《たろう》は深呼吸して手のひらを顔の前で合わせた。

「頼む。どうにか通ってくれ」

深く息を吸って吐く。

意を決してメールを開いた。文面を読み始めて間もなく、文字を追うことができなくなって、ラップトップを閉じる。椅子をくるりと回転させて、机に背を向けた。

「ちーよさん」

凜太郎は自室の中央に置かれた、自立式ハンモックで落ち着いている、ぶち模様の猫に話しかけた。そっぽ向いたまま反応がない。抱き上げようとして手を伸ばす。にー、と不機嫌な声を出し、前足で手をはじいてくる。

「たまにはなぐさめてくれたって、いいじゃないかよお」

無理やりハンモックに押し入ると、ちよは凜太郎の顔を踏み台にし、後ろ足で眼鏡を蹴って床に跳び下りた。散らばった本を踏み越えながら、悠然と部屋の隅に歩いていく。

「まあ、通るとは思ってなかったけどさ」

仰向けになって、手足の力を抜いた。

一次面接は、予習しておいた質問が上手くはまって乗り越えられたが、二次面接は雑談形式で、なかなか会話が続かなかった。終盤に差しかかって「何かアピールすることはありますか」と訊かれてしまった。

会話がぶつ切りでも、言うべきことは言えたと思っていた。だがそれも、なんのアピールにもなっていないということだった。

焦りを感じたとき頭に浮かんだのは、シェア型書店〈フレール〉の存在だ。初めて知った仕組みだったのか、興味を持ってもらえた。だが、最後にかけられた言葉は「頑張ってくださいね」という、他人事のようなエールだった。もう手遅れだったのだ。

せめてあのとき、棚主との関わりで世界が広がった、これまで大学で学んできたことを活かして、本を管理するシステムを提案したいと思っているなど、前向きな話ができたら結果は違ったのかもしれないが、その場しのぎで調子の良いことを言える器用な人間ならば、面接で苦労していない。

直前に大学のOBと面接の練習をしたときでさえ、何を話すか以前に目を見て話せていないと指摘された。予想をしていなかった質問をされて、一度頭が真っ白になってしまうと、最近どんな本を読みましたか、と訊かれても、言葉が出なくなる。

凛太郎は腹の底に重く沈んでいるものを、ため息と一緒に吐き出した。

「それでも、二次面接までいったのはよかったかな。落ちるのはいいんだよ、自分がだめなんだから仕方ない。でも一回くらい『感触はよかったのに、何がいけなかったのかわからない』とか言ってみたいなあ。前に進んでる気がしないのが辛《つら》い。本ばっかり読んでないで、誰かとお話ししてくださいって感じですね」

ねえ、ちよさん。呼びかけても、ぶち猫は見向きもしない。繰り返し名前を呼ぶと、煩わしそうに低い声で鳴いた。

拒絶されている。そもそも構う義理もないと考えているのだろう。

SNSで仰向けになって腹を出す猫を見かけることがあるが、ちよがそんなあられもない姿をしているのを、見たことがなかった。世話役は家来でしかなく、心を許してはいないのだ。

「あの綺麗な女の人のことは、初対面で見送りまでしてたのにさ。僕の何がだめなのよ、ちよさん」

反応を求めるのは止めにして、凛太郎は部屋の壁一面を埋め尽くす、本棚に目を向けた。棚の手前には、収まりきらない本の山が、新宿副都心の高層ビル群さながらに聳《そび》えている。

レンタカー屋でのバイト代はほとんど、このビルの建設費用にあてられている。書店があると無意識で足が向き、中に入れば買わずには出られない。考えごとをしていてさえ、気がつくと書店にいるほどだった。パチスロに夢中になっている大学の友人が「気づくと打っている」と言うが、それと同じだ。

「さーて、気分転換に何か読むかな」

ハンモックから、積み上げられた本に手を伸ばす。指先が触れただけで倒壊し、それをあざ笑うように、ちよが来る。

大学を卒業したら、就活がどんな状況であっても実家を出ると決めている。引越しに備えて少しずつ、本を減らさないといけないが、増えるばかりだ。

「凛太郎、ちょっと来て」

一階から、甲高い声が聞こえてきた。慌てて階段を駆け下りると、見覚えのないニットワンピースを来た母、紀美子《きみこ》の姿があった。玄関に置いていた紙袋を指し「あちこち本で散らかさないでって言ってるでしょう」と顔をしかめている。

「いやだってこれは、明日の朝、本屋に持っていく分だし」

呟きは耳に届いていたはずだが、彼女は「今すぐ上に持っていってね」とだけ言って、玄関に芳香剤を吹きつけた。スリッパをぱたぱたと鳴らしながら、慌ただしくリビングへ向かう。

凛太郎は両手に本の詰まった紙袋を提げて、二階の自室に戻った。

一度手放すと決めたものが、再び部屋に戻ってくると、名残惜しさがこみ上げる。開いたら決心が鈍ってしまうと思いながらも手を伸ばし、凛太郎はページを捲る。

読書にのめり込み始めたところで、インターホンが鳴った。下の階から、先程とは打って変わった、弾んだ声が聞こえてきた。

紀美子の待ち人が訪れたようだ。

「食事のときくらい、着替えますかね」

凛太郎はクローゼットを開けて、シャツとセーターを取り出した。着替えを済ませて扉を閉めようとしたとき、ちよが隙間から中に飛び込んだ。

「ちよさん、だめだめ」

腹部を掴んで外に出そうとするが、爪を収納ボックスに引っかけて、四肢を踏ん張っている。猫はなぜこうも狭い場所が好きなのか。放っておくと就活用のスーツが毛だらけになりそうだ。

「はーい、ちよさん、言うこと聞いて」

頼んだところで家来の言うことに耳を貸すはずがない。手の甲に爪がめり込んで、諦めざるを得なかった。

部屋を出ると、凛太郎は階段を駆け下りた。リビングからは紀美子の上機嫌な声が聞こえている。

食事の支度はほとんど整っていた。彼女は料理が苦手だから、デパ地下で買った惣菜を皿に盛っただけだ。

「新見《にいみ》さん、こんばんは」

凛太郎はキッチンに向かって呼びかけた。食器棚の引き出しから箸を出そうとして腰を屈めていた、細身の男が振り返り、目尻に皺を寄せた。ライトグレーのシャツに紺のVネックニット、サイズ感の良い細身のスラックス。仕事を終えて一度着替えに帰ったはずだが、仕事着とそれほど変わらない。

新見は紀美子の恋人だ。五十代半ばだが、身なりに気を遣っていて、一回り歳の離れた紀美子と同じくらいに見える。

「凜太郎くん、今日は帰りが早かったんだね」

「最近、バイトあんまり入れないようにしてるんですよ、就活で先の予定立てるのが難しくて」

「ああそうか、もう十一月になったから」

新見は表情を曇らせる。

「企業側も採用を急いでるんですかね。最近、面接までのサイクルが短いので、予定を入れすぎないようにしてるんです。急に休むとバイト先にも迷惑がかかるので」

会ったとたんに重い空気にならないように、凜太郎は軽い調子で言う。

リビングの扉の隙間から、ちよが入ってきた。真っ直ぐ紀美子の足元へ向かい、体を擦りつけて甘えている。先程まではまるで別の猫だ。人がここに集まる時間は、自分も食事の時間だと知っている。

凜太郎はドレッシングを出そうと冷蔵庫を開けた。

「あれ。新見さん、ビール買ってきてくれたんですか」

一番下の段には、六缶パックのビールが二つ並んでいた。

「たまにはいいかなと。余ったら、凛太郎くん飲んでいいからね」

「それが、僕が飲もうかなと思うときには、もうないんですよ」

母さんがドラマ見ながら飲んじゃうから、と小声で言うと、新見は違いないな、と笑顔を見せた。三人の中で一番酒に強いのが、紀美子なのだ。

ちよは紀美子の足元をついて歩き、健気にキッチンとダイニングを行ったり来たりしている。やがて諦めたように立ち止まるのに気づき、新見が戸棚を開けた。ちよは餌を求めて、椅子からシンクに跳び移り、棚の中に入った。缶詰の隣で、にー、と鳴いている。

「はいはい、今あげるからね」

新見はちよを床に下ろして、缶詰を取り出した。

普段は愛猫最優先でも、今すぐやらなければいけないことに追われていると、紀美子はそれ以外のことが目に入らなくなる。新見は彼女の性質を良くわかっているから、必ずちよに食事を出してくれるのだ。

全員がテーブルに着くと夕食が始まった。二人よりも、三人の方が会話は弾む。

新見は凛太郎にとっても、なくてはならない人だ。

初めて紀美子が新見を家に連れてきたのは、中学二年の春だった。「お付き合いしたい人がいるの」と紹介されたときこそ驚いたが、神経質でいつも苛立っていた母が、明るく笑うようになったのを見て、恋はこんなにも人を変えるのかと、感心したのだった。

それからは週末を三人で過ごすことが多くなった。紀美子が用事でいないとわかっているときでも、新見は必ず家に来た。凜太郎と二人でドライブに出かけたり、野球観戦に行ったりと、家族同然の付き合いで、こんなふうになりたいと思えた、初めての大人だった。自慢したい気持ちもあって、中学校の友人には「母さんの彼氏なんだ」と紹介していた。友人同士で遊びに出かける際に、快く車を出してくれるし、夏休みの宿題で切羽詰まると、なんでも教えてくれる。いつも羨ましがられていたのだが、高校からの友人はそうではなかった。

家を訪れた際に、新見をこれまでと同じように紹介したら「ごめん知らなかった、凜太郎って大変な家で育ったんだな」と同情され、頬を張られたような衝撃を受けた。憤りを感じるよりも先に、自分の境遇はかわいそうなのだろうか、という疑問が生まれ、家庭や学校での人間関係をこじらせてしまった時期もあった。

大学に入って、地方から集まってきた人たちと会い、ようやく、自分が特殊な環境や価値観のもとで育ってきたのだと気がついた。

多種多様な人の暮らす街に長年住んでいると、人との違いを気にすることの方が、おかしなことだった。新宿という土地で生まれ育った人たちとしか付き合いがなかったから、どんな家族の形にも偏見がなかったが、それが当たり前ではなかったのだ。

「さっきの話だけど、就活は今どんな状況なの」

凛太郎のグラスにビールを注ぎながら、新見が訊ねてきた。

「まあまあ、なんですかねえ。二次面接まではいきました。だめでしたけど」

ついさっき不採用のメールが来たことを話すと、紀美子が眉間に皺を寄せた。

「まあまあ、なんてないでしょう。受かるか受からないかなんだから」

彼女の言葉にはいつも遠慮がない。今はもう慣れてしまったから受け流せるが、思春期には随分傷つけられた。もし新見がいなかったら、親子関係はかなりまずくなっていただろう。

「もう十一月ですから、焦りますけどね。内定辞退者も出てくるだろうし、どうにかなるかなあ、なったらいいなあ、なんて」

大学の友人のほとんどは、すでに就職か、大学院への進学を決めている。内定をもらえる者は、一人で何社も攫《さら》っていくから、その分辞退も多くなる。チャンスはどこかにあるはずなのだ。

「凛太郎くん、もし興味があればだけど、うちの会社の人事に相談してみようか？」

新見は真剣な目をしていた。彼は大手医薬品メーカーで、香料の開発をしている。人事部にはかつて同じ部署だった、親しい社員がいて、それとなく話をしてみることならできるという。

「お願いした方がいいわよ。凛太郎も、会社に頼れる人がいた方がいいんじゃない？」

紀美子は同調しているが、そういうわけにもいかない。

知識も実力もないのに、コネで就職するのはまずい。新見に恥をかかせるだけだ。それに関係を訊ねられたとき、どう答えたらいいのか。新見さんは母の恋人です、と言えば色眼鏡で見られることはわかっているのに。

「とりあえず自力で頑張りますよ、まだ希望は残っていますので」

そうであってほしいという思いから、口にした言葉だった。

気まずさの残る乾杯をした。いつもは真っ先にビールを飲み干す紀美子が、グラスに手をかけたまま、一口も飲まずにいる。

「ねえ凛太郎、無理して今すぐ就職しなくてもいいのよ。大学を出てから、色々なアルバイトしてみたっていいんだし。今のレンタカー屋さんをそのまま続けるのもいいと思う。大学を卒業したら、就職して家を出る、それればっかり言ってるけど、別にずっとうちにいたっていいんだからね」

こっちは凛太郎が家にいるのが当たり前だと思ってるんだから、と真顔で言う。

どんな言葉であっても嘘がないのが、紀美子の良いところだ。心配して、本気でそう言ってくれているのがわかる。

「新宿で生まれ育つと、どこに引っ越しても不便に感じそうだよな。凛太郎くんの中学校の頃の友だちとかどうしてる？　時々会ってるよね」

新見が訊いてきた。

「結構な割合で実家にいるんじゃないかと思います。交通の便は言うことないし、終電終わった後に軽く飲みに行って、歩いて帰ることもできるし。こんなになんでも揃っている便利な場所はないって」

「ほら、やっぱりそうでしょう」

勝ち誇ったような口調で紀美子が言う。

「でもまあ、不便を知ることも、社会勉強ということで」

笑って受け流すと「最近ちょっと、ちよに似てきたんじゃないの」と紀美子が猫を引き合いに出してきた。

意固地になるのには意味があるんだ、と言いたい気持ちをビールで喉の奥に押し流した。

凛太郎は大学を卒業して自立するタイミングで、二人には結婚、もしくは週末だけではない完全同居を勧めようと考えていた。

これまで十分すぎるほど、こちらの気持ちを尊重してもらってきた。どこかで区切りをつけないと、この先もずっと我慢させることになる。

二人が付き合い始めて一年経った頃、紀美子から三人で暮らさないかと言われたことがある。内心驚きながらも、いいよ、とその場で答えたが、一瞬の迷いを汲んだ新見が「これまでいなかった誰かと暮らすのは大変なことだから、まずはどんな感じか試してみるのがいいんじゃないか」と凛太郎に逃げ道を作り、週末のみの三人暮らしから始めてみることになった。

当時はほっとする気持ちもあったが、あれからもう七年も経った。長年続いている関係を変えるためには、何かきっかけが必要だ。それが自分の就職ならば、めでたくもあり、理由としても申し分ないはずだった。問題は、まだどこかに受かりそうな気配がないということなのだけれど。

食事を終えて凛太郎が部屋に戻ると、クローゼットの中の服が引きずり出され、無残に床に散らばっていた。

「ちよさん、豪快にやってくれましたねえ」

肩を落とすが、スーツだけは無事だった。そこはきっと優しさなのだろう。一足先に部屋に戻っていたちよは、ハンモックの中で手足を伸ばし、うたた寝している。

「さて、今日はブラッシングしなきゃ」

凛太郎は忍び寄って、ちよの首を掴んだ。大人しくなった隙に、もう片方の手でそっと体を持ち上げて、床に下ろす。最近はなかなか近づいてこないから、触れられるタイミングは、食後にリラックスしているときしかない。

手早くブラッシングを済ませ、良い子にしてくれていた礼にと頭を撫でる。首を離した瞬間に、ちよはベッドの上に跳び乗った。

近づこうとしただけで、全身で警戒する。いつもと同じように、穏やかに話しかけ、愛情を持って接している。だが最近は以前にも増して甘えてくれない。

凛太郎はベッドに腰かけて上体を倒した。

「次の面接も憂鬱だなあ。新見さんと話しているときと同じくらい普通に話せたら、もうちょっと上手くいくのかなあ」

だが思い返せば新見と初めて会った日も、好感は抱いたものの緊張のあまり硬直してしまい、話はおろか食事も喉を通らない状態だった。

誰に言われたわけでもないのに、きちんとしなければという思いに駆られ、硬くなるのはなぜなのか。

ふと〈フレール〉で本を買ってくれた、客の女性が頭を過《よ》ぎった。

「あの人とは初対面だったのに、ちゃんと話せた気がするな。なんでだろうな、美人はあまり得意じゃないんだけど。ちよさんがいてくれたから？」

すらりとした長い四肢、柔らかそうな髪、笑ったときの優しげな目を思い出すと、急に落ち着かなくなって、凛太郎は手のひらで太腿を打つ。ちよはびくりと背を揺らして、睨んできた。

全身にトレンドを纏《まと》った人だった。彼女と感性が重なる部分があるとは思えないのに、同じ本に惹かれたことが不思議だ。

いいんじゃないですか、自分が好きだと思うものは周りに関係なく、好きって言ってしまって。彼女の言葉は潔かった。あの本を見て、何を思っていたのだろう。

「ああ、訊かれたことに答えただけで、自分から何も訊いてないな。良い、とは言ってたけど自然が好きなのかな。そうだ、今度もしあの人と会えたら何か話をしてみよう。いや、会えるのか？　店番って言っても不定期だし。きっとすごい確率だよなあ、ちよさん」

振り返って意見を求めるが、ちよは背を向けたまま寝そべっていた。


本の詰まった紙袋を二つ提げて、凛太郎は自宅を出た。約束した写真集の続編を置きに、〈フレール〉へと向かう。彼女が次に来店するタイミングがいつかわからないから、できるだけ早く用意しておく必要があった。

店の入口には『猫がいます。ドアの開閉にはお気をつけください』と書かれた張り紙があった。今日は看板猫、すみが出勤のようだ。

「おつかれさまです、棚の入れ替えに来ました」

ガラスドアを開けながら、凛太郎は声を張った。開店したばかりで、店内にまだ客の姿はない。

レジカウンターの前に背の高い男が一人いた。初めて会う棚主だ。三十歳前後だろうか、落ち着いた雰囲気の人だった。黒髪、白のカットソーに黒のパンツという特徴のない出で立ちが、端正な顔立ちを際立たせている。

腕組みして棚を見つめていた彼は「おつかれさまです」と、真正面から探るような視線を投げかけてきた。

「し、白根です。初めまして」

面接を思い出して、上ずった声で名乗ると「梶原《かじわら》です」と男が口元に笑みを浮かべた。梶原啓一《けいいち》。棚主同士で使っている、連絡用のアプリで名前だけは知っていた。〈フレール〉のオーナーから、よく猫の世話を頼まれている人だった。

足元で涼しげな鈴の音が響いた。

レジカウンターの中から、看板猫のキジ白、すみが半分顔を出している。凛太郎が一歩距離を詰めると一目散に駆け出して、店内奥の最下段の棚の中に飛び込んだ。

猫飼いなのに、どの猫にも逃げられる。

「すみません、僕が驚かせちゃったみたいですね」

この店には看板猫がいる、と謳ってはいるが、すみは人が来るとすぐに隠れてしまう。全面ガラス張りの店にも拘わらず、猫が見当たらない状態だから、飼っている人は店に連れてきてほしいとオーナーに懇願され、前回の店番はちよを連れていったのだ。

猫は環境の変化が苦手だというが、ちよはどこでも堂々としている。その場をすぐに支配する、生粋《きっすい》のボス猫なのだ。だが、すみは正反対だ。

棚から垂れた縞模様の尻尾を見ながら、啓一は肩を竦《すく》めている。

「今日は補充ですか」

「いえ、補充というよりは入れ替えです。あまりにも売れないので、何に需要があるのか、試してみようかと」

一拍おいて彼は「そうですか」と興味がなさそうな声を出した。

言い方が悪かっただろうか。商売目的と思われたのかもしれないが、売りたい理由を上手く説明できる気がしない。

凛太郎は自分の気の弱さに落胆しながら〈ハンモックの猫〉に向かった。遠目にも棚の本は減っていない。

〈フレール〉に棚を借りて半年が経つ。契約時、月額料金を差し引いて利益を出せるのは、一割ほどの棚で、利益を出すことを目的にする人には向かないとオーナーに言われたが、本当にそうだった。

土地柄もあって、この書店には様々な人が立ち寄るから、どんな人が来ても欲しい本が見つかるように偏らない選書を心がけている。再来店でも飽きさせないようにと、週に一度は入れ替えをしているのだが、思うように売れない。

凛太郎には〈フレール〉の棚主になるにあたって、立てた目標があった。だがそれも、いつになったら達成できることか。本は棚の中に綺麗に並んで収まっていて、誰かが触れた痕跡すらない。

本をごっそり抜き出して作業台に積んでいると、啓一が近寄ってきた。

「あの台、使ってもいいですよ」

彼は入口の近くにある、ひな壇を指した。その日店番をする棚主が、自由に使うことのできる場所だ。店の外からでもよく見えるから、通常は自分の棚の中から、特に勧めたい本を置く。

「いえ、大丈夫です。多分そこに置いても売れないし」

それでは何のために棚主をしているのかと問われると苦しいが、他人の権利を奪ってまで、やることではない。

啓一は腕組みして、作業台の本を品定めするように眺め「今日持ってきた本は？」と訊いてきた。凛太郎は紙袋から本を出し、作業台の上に積む。

「どれも、大した本じゃないですけど」

自分の選書に対しての謙遜で言ったつもりが、

「大した本じゃない、ね。だから、売れないと」

彼はため息を洩らした。それまでの敬体が消えていた。感情の読めない目で見つめられ、言葉に詰まった。

「なんでこの本持ってきたの」

「え？　なんで、って。誰か欲しい人がいるかな、って思いまして」

「誰かって？」

冷静な口調で追い討ちをかけられて、凜太郎は黙り込んだ。

「じゃあ、どんな人が手に取ることを想像して、この本を持ってきた？」

話したくても何も言葉が出てこないのは、責め立てられているからではない。訊かれていることに対する答えを持っていないからだ。

「ここで本を売りたいと思うなら」

啓一は言葉を切って、音もなく足元に近づいてきていた、すみを抱き上げた。

「思い入れのあるものだけを置いた方がいい。棚を見ればわかるから。読み終わった本をただ並べているだけなのか、誰かに読んでほしい本を集めて並べているのか」

「わかりますかね」

「少なくとも俺にはわかる」

確信を持った声で言われては、今日持って来た本を棚に並べることはできない。黙ったまま立ち尽くしていると「それは？」と啓一が写真集を指した。

「あ、これは」

凛太郎は今日ここに、この本を置きにきたのだということを、思い出した。

「前に僕の棚から買ってくれたお客さんの手に渡ってほしくて。シリーズ作なんですよ、僕はこの二冊目が一番好きなんです。これだけは、思い入れのある本です」

言葉が淀みなく出てくる。凛太郎が胸を張ると、啓一は初めて笑った。

「へえ、じゃあその人以外の手に渡ると困るってことか」

「でも、きっと店としてだめですよね。特定の人に向けた本を置くなんて。お客さんがレジで『自分がこの本の受け取り手です』って言ったって、他の棚主さんにはわからないですし」

「直接書かないで、それとなく伝わるようにすれば?」

すみの頭を優しい手つきで撫でて、床に下ろした。それから啓一は「良い方法を教えようか」と、真っ直ぐ目を見つめてきた。


家に帰ると凛太郎は、机の引き出しを開けた。和紙に罫線が引かれただけの簡素な便箋を出して、写真集の隣に並べる。

啓一からアドバイスを受けて本を一旦持ち帰ってきた。これからこの写真集に感想を添えるのだ。

一行目にタイトルを書こうとして、小学校低学年で習う漢字を間違えた。二枚目は慎重に書こうとしたつもりが、著者名を一字飛ばして書いてしまい、すぐに三枚目になった。

「だめだ、酷すぎる。いつもキーボード打ってるだけで、文字なんてほとんど書かないからな。手書きってこんなに大変だったのか」

緊張のあまり手が震え、文字が歪んでいる。この調子で書き直しばかりしていたら、便箋が尽きそうだ。

「まてまて、落ち着こう。一発で書くのはどっちみち無理なんだから」

文字の配分を考えながら下書きをしようと、レポート用紙を引っ張り出した。写真集を読み直す。気の利いた言葉を並べてみたくて、本棚から詩集を手に取った。インスピレーションを得られるはずだったが、何も思い浮かばないまま、時間ばかりが過ぎていく。

にー、と背後から声がした。食事の時間でもないのに、ちよが何度も鳴いている。

「はいはい」

作業を始めると邪魔をするのは、猫の得意技だ。

椅子を離れて、ハンモックで寝そべるちよの傍にしゃがみこんだ。背中を撫でながら本棚を眺めていると、すぐさま腕に爪が刺さった。ぶち模様の猫はのそりと起き上がり、部屋を出て行った。軽い足音が階段を下りていく。

「なぜなんだ、ちよさん」

腕をさすっていると、凛太郎、と一階から紀美子の声がした。部屋の外に顔だけ出して

「何？」と叫び返す。

「今日夜ご飯外に食べに行くけど、凛太郎も一緒に行くでしょ？」

「僕はいいや、二人で行ってきて」

「なんで。あんたの好きなところよ、新宿西口の小籠包《ショーロンポー》おいしいところ」

「いい、行かない」

今はそれどころではないのだ。

「アルバイト入れてるの？」

「入れてないけど、やることがあるから二人で行っていいよ」

「じゃあお寿司にする？」

凛太郎は脱力した。何を食べるかの問題ではない。行かないと言っているのに、何度断ればわかるのだろう。

新見が近くにいるのか、話し声が聞こえてくる。紀美子を説得してくれたのか、リビングのドアが閉まる音がした。

とりあえず感想を書き、その後に選書をし直さないといけない。棚を空にしているから、できれば今日中にもう一度〈フレール〉に戻りたかった。

「早く書かないと」

他の人が見たときに、特定の人に宛てたものだと気づく、手紙のような感想を、押しつけがましく感じさせない言葉で。

啓一は一冊目の写真集を読んだ人にだけ、意味が伝わる感想を書けばいいと言っていた。それならできそうだと簡単に返事をしたが、彼女を思い浮かべると、なぜか言葉が見つからない。

しばらくすると、紀美子と新見は出かけていった。何度も書き直しているうちに日は落ちて〈フレール〉の閉店時間が過ぎてしまった。

部屋の中が冷え込んできて、暖房をつけた。椅子の上で胡座《あぐら》をかいて、レポート用紙を眺めている間に二人が帰宅して「どうせ何も食べていないんでしょう」と、海鮮五目焼きそばと、小籠包のパックを渡してきた。何してるの、と訊かれたが、どこから説明したらいいのかわからなかった。

食事を受け取って振り向くと、いつの間にかちよがハンモックに収まっていた。

「まずいな、これは、直接話すよりも大変だぞ」

いつになっても終わりそうにない下書きを眺めて、凜太郎は項垂れた。

凜太郎は、啓一が店番をする日に合わせて〈フレール〉を訪れた。

「この間はありがとうございました」

レジカウンターに直行して、啓一に頭を下げる。彼は「ああ、あのときの」と、一瞬目を見開いて、頬を緩めた。

選書し直してから、十日が過ぎていた。アドバイス通りに置く本を変えただけで、そう簡単に売れるようになるとは思っていない。だが写真集の行方が、気がかりだった。

「梶原さん」

「ん?」

「僕は完全に舐めていました。レポートなら毎週書いてたし、すぐできるだろうって思ってたんです。だけど、とんでもない勘違いでした。相手を思い浮かべながら感想書くのは、レポートの何倍も大変でした」

凛太郎の苦労話を、啓一は笑いながら聞いている。

「棚、見てみなよ」

振り返ると、自分の棚に隙間ができているのがわかった。

「おお、減ってる気がします」

どの本が売れたのだろう。確認しに行こうとすると、階段を下りる靴音が聞こえてきた。

〈フレール〉のオーナー、桜井悠だ。これから外出なのか、ジャケットの上からコートを羽織り、ビジネスバッグを提げている。すみを腕にしっかりと抱えたまま、眼鏡の奥の目を細めた。

「白根さんだ。補充かな?　おつかれさま」

彼は愛猫を店内に放すと、くせのある髪をかき上げて、凛太郎に向き直った。

「今日は棚の様子見です。この後、バイトもあるんで」

「そうなんだ。二人は初対面、じゃなさそうだね。雰囲気からして」

「梶原さんには、ものすごくお世話になっておりまして」

凛太郎が頭を下げると、悠が腹を抱えて笑った。

「別に、啓一に対して畏《かしこ》まらなくても大丈夫だよ。ぱっと見怖そうな感じするかもしれないけど、そんなことないから。俺と啓一、中学の同級生だったんだ」

啓一に憧れている生徒がいっぱいいたけど、誰も話しかけようとしないからいつも俺が一緒にいたの、と、悠は啓一の肩に手をかける。

悠がそこにいるだけで、場が明るくなる。タイプが違う二人だが、ただの同級生というだけではなく、昔から親しくしているようだった。

「そういえば白根さん、啓一の棚ってもう教えてもらった？」

「いや、まだです」

訊かないと、自分から何も言わないからなあ。呟きながら、悠が案内してくれた。

「〈フレール〉で一番売れてる棚だから、何か白根さんの参考になるかも」

ここ、と言われた棚には〈トリプルセック〉と書かれていた。

棚の中に表紙が見えるように置かれた本は一冊もない。背表紙を眺めても、聞いたことのない作家ばかりだった。売れる棚と聞いて、派手な装飾がされた棚のいずれかだと思っていたから、意外だった。

「地味だと思ったでしょ」

悠は凛太郎の心を見透かしたように言いながら、棚から一冊の本を抜き出した。

「でもね、それも棚の個性なんだよ。同じ本を置いてる棚があっても、置き方によって印象が変わるでしょ。その本をどうやって売りたいのかで、棚主のことも見えてくる。啓一は全部の本に、必ず感想書いて並べてるんだよね。だから一度啓一の本を買うと、必ずまた買いにくる。売れる棚っていうのは目立たなくても何か仕掛けがある。この棚の本は、全部信頼できる、って思えるような」

本の最後のページに、二つ折りになった便箋が一枚挟まっていた。何気なく開いて凛太郎は驚愕した。几帳面な文字でびっしりと埋め尽くされている。

「やばいでしょ、本に対する熱が」

「やばいですね」

「作品へのラブレターだね」

一冊の感想を書くだけで、一日かかったというのに、それを棚に置く全部の本にやるとなったら、一体どれくらいの時間が必要になるのだろう。

「今はSNSはあんまりやってないけど、少し前までそっちでよく、本の感想書いてたんだよね」

　ほらこれ、と悠がスマホを見せてきた。アカウントは本名そのままの、啓一だ。目に入ってきたフォロワー数に再び驚いていると、プロの作家にも啓一ファンが結構いるんだよ、と教えてくれた。

「本名ですよね。大丈夫なんですかね」

　凛太郎は思わず振り向いて、啓一に訊いていた。

「ものを書くってことは、裸を晒しているのと同じだから。こっちがものを言うのに何も晒さないのはフェアじゃない。俺の考えを押しつける気はないし、他人の考えを批判する気もないけど」

「ま、啓一なりの作者に対するリスペクトってことだね。面白いよねぇ、本好きにも色々種類があってさ」

「悠は物質としての本が好きなんだよな」

　啓一がにやにやと唇の端を吊り上げている。

「まあ確かに俺は、本を読むよりも買うことが好きな方だね。棚主さんには『わかるー』って言ってくれる人いるけど、他の人にはあんまり理解されないな。洋服だとか、雑貨買い集めるのと変わらないと思うんだけどね」

　だから、こういう色んな本好きが集まる場所って刺激があっていいよね、と悠から同意を求められ、凛太郎は夢中になって頷いた。

「こうして話している間にも、新しい物語が次々と生まれていってるんだよな。過去ののから今あるものまで、全部読んでみたいと思うけど。まあ無理だよな、時間止めない限りは」

啓一はどこか遠い目で、本棚を眺めている。本の話をしていると、別の世界に住んでいると思っていた人が、急に身近に感じられるから不思議だ。

「棚名の〈トリプルセック〉ってどういう意味ですか?」

凛太郎は思いきって、啓一に訊ねてみた。

「あー」

少し悩んだように、目を逸らし「甘さ控えめ」と答える。悠はそれを聞いて笑いながら「でもかなり甘いよね」と返したが、まったく意味がわからない。彼の書く、本の感想のことだろうか。

「そういえば今日売れたよ、写真集。この間、白根さんが感想書くのに持って帰ったやつ」

啓一が棚を指す。

あの拙い感想を読まれてしまったかもしれないと思うと、汗が噴き出してきた。

「どんな人が買ってくれましたか」

「女性。二十代半ば」

この店にはそのくらいの年代の女性客も多い。もう少し情報が欲しくて、さらに訊いてみる。

「髪が長いとか、短いとか。どんな雰囲気の方でしょうか」

啓一はなぜか口元に微笑を浮かべている。

「背は白根さんと同じか、少し低いくらい。かわいいか美人かと言ったら美人。髪はロング、後ろで一つにまとめてる。身に着けるものにこだわりがありそうだけど、美容師じゃないかな。人当たりがアパレル店員って感じじゃなかった」

きっとあの人だ。

凛太郎は喜びを噛みしめながら、よし、と拳を握りしめる。

誰でもいいから買ってほしいんじゃない。あの人に選んでほしかったんだ。それにしても、なぜ職業までわかったのだろうか。

「啓一の職業当ては結構正確だよ。バーテンダーなんだよ」

疑問がそのまま表情に出ていたのか、悠が教えてくれた。様々な人を長時間接客するためか、勘が鋭いのだという。

「ノートにメッセージ書いてもらった。白根さんが渡したい人に届いているのか、俺もよくわからなかったから」

啓一が読書カウンターを指す。端には、棚主とメッセージのやりとりをするためのノートが置いてある。使い方は様々だ。購入者が棚主に向けて、その本を買った理由を書き残すこともある。

早速ノートを捲ると、細かな文字が並んでいた。『こんにちは、以前買った空の写真集が素敵だったので、また本を探しにきてしまいました。今日はあの写真集のシリーズの本を買いました。海外の風景を見ていると、旅行に行きたくなってしまいます。今度また、感想を書きにきますね』最後に春日井、と書いてある。

春日井さん。心の中で繰り返す。彼女の名前を知ってしまった。

「せっかくだから返事書いておいたら？　次来たら、読んでくれるよ」

横からノートを覗き込んでいた悠が、ペンを差し出してきた。

「後にします」

これは今すぐは書けない。家で下書きを作って、明日また来よう。凜太郎はメッセージを写真に撮った。

「あ、そういえば」

隣からノートを覗いていた悠が声を上げた。

「旅行、って文字見て思い出した。啓一、聞いた？　白根さんが棚主になった理由。すごいんだよ。〈フレール〉の本の売上で、いつかご両親に旅行をプレゼントしたいんだって」

「や、両親じゃなくて、母と母の彼氏なんですけどね」

咄嗟《とっさ》に言い直してしまったが、悠は別段疑問に思っている様子もなく「いいねえ、優しいよね。俺もこんな息子なら欲しいわ」と、笑っている。そういえば彼も、新宿で生まれ育った人だった、とほっとする。

啓一は首を捻《ひね》って「どうして本の売上で？」と驚きの交じった口調で訊いてきた。

「ええとですね、僕が働いて稼いだお金だと、遠慮して受け取ってくれないだろうなって。だから、何か他の方法で得た収入がいいなと思ったんです」

それでも断られるかもしれないが、旅行券を先に買ってしまって、あとは二人でゆっくりしてほしいと説得するしかない。

「母は世間知らずなところがあるので、本は置いてあれば自動的に売れるって思ってるんじゃないかなあって。だから、バイト代を直接渡すよりは、受け取りやすいのかなと」

悠と啓一が、無言のまま顔を見合わせた。

「あれ、僕何か変なこと言いましたか？」

「すごいね、そんな親いるの？　うちの母親なんて『今日はみんなでお寿司を食べに行きましょう。悠のおごりで』みたいな感じだよ」悠が言うと、

「俺の母親は、やり残しだらけの人生の埋め合わせをするために、子どもを作った人だからな」と、啓一が首を振る。

「多分僕が子どもっぽいから、信用されないんですよ。就職にせよ、なんにせよ、母からいつまでも心配されているというか。だからとにかく、家を出たいんですよね。大学も春には卒業だし、いい加減に大人にならないと。お金稼ぐだけじゃなくて、一人でなんでもできないと、ですよね」

地方から東京に出てきて、生活費を稼ぐためにアルバイトをしながら、勉強を続ける友人たちを見ていると、自分がいかにのんきな暮らしをしているのかがわかる。

就活の時期でもアルバイトを続けているのは、本代が欲しいというだけではなく、自分の力で稼ぎながらどうにかやっていけるところを、紀美子に見せたい気持ちもあるからだ。

ふうん、と相鎚を打ちながらも、啓一の表情はあまり納得しているようには見えない。

「一人で生きられることが、大人になることとも限らないけどな。仕事をするようになって、世界が広がるほどに、いかに自分一人じゃ何もできないかを思い知ってく。大人になるってのは、それを認めることのような気がするね」

「まあまあ。それを白根さんが実感するのは、これからでしょう」

楽しみだね、と悠が笑っている。

「もしかしたらさ、子ども扱いされてるんじゃなくて、不安になってるだけかもよ？　俺の家はそうだったよ。近くにマンション借りて一人暮らししたいって言ったらさ『家族と一緒に住むのがそんなに嫌なの？』って訊かれたし。え？　何言ってんの、って思ったけど」

　悠は生活リズムが夜型に傾いていて、深夜の家の出入りで家族を起こしてしまうことが気になっていたようだ。夜中に電話の声が、車のエンジンの音が、と言われ続けていたから、家を離れたい理由は家族の方がよくわかっているはずだと思っていたらしい。

「意外とね、話してみないと、人が何考えてるのかなんてわからないものだよ。びっくりするくらい、勘違いしてることとってあるからね。自分の考えが年々変わっていくように、相手も年々変わっていくし」

　二人には何か違う世界が見えているのかもしれない。そういう人たちがいることを知るのもまた、大人になるということなのか。

「そういえば就活ってもう終わったの？」

　悠に訊かれて、凛太郎は頭を掻いた。

「実はまだ、一社も内定もらってなくて」

「そうかあ。多分白根さんはねえ、あんまり繕わないで、素の人柄出しちゃった方がチャンスあるよ。大丈夫、大丈夫」

　何かの根拠があって言っているわけではないのかもしれないが、悠から励ましの言葉を受けると、本当に大丈夫だという気になる。

　啓一はおもむろにカウンターの外に出ると〈ハンモックの猫〉の棚から何冊も本を抜き

取って、店頭のひな壇に並べ始めた。

「目標はクルーズ旅行招待だな」

「えっ、それはさすがに」

「だめだめ、自分で天井決めると、そこで終わるから」

悠はなぜか楽しそうだ。

「たくさん売ろうぜ、本」

啓一からぱん、と強く背中を叩かれて、凛太郎はつんのめった。

二人はどうやって凛太郎の棚の本を売っていくかを話し始めている。彼らも協力してくれるということだろうか。突然向けられた思いがけない優しさに、じんと胸が熱くなった。背中を押してくれる人たちの想いに、なんとか応えたい。


アルバイトからの帰り道、凛太郎は灯りの点いている美容室の前で足を止めた。

もう二十二時を回っているが、店内奥の席に人がいる。施術をしている美容師は女性だが、あの人ではなさそうだった。髪の色はもっと明るかった。手足が長く、猫のようにしなやかな美しさを持った人だったと、おぼろげに記憶している。

覗いていることに気づいたのか、スタッフが入口に向かってきた。凛太郎の足は反射的に動き出していた。

歩いているうちに、そもそも本当に美容師かどうかさえもわからないのだった、と冷静になっていく。

ノートへの返事を考えながら帰ろう。まずは、ありがとうございました、だ。その後は？　続きの一文が思いつかないまま、人で賑わう新宿の街へと向かう。もっと話をしてみたいのに、言葉が出てこないのはなぜだろう。

信号待ちでスマホを取り出した。彼女からのメッセージを撮った写真を確認しようとしたとき、通知に埋もれた「面接日程のご案内」というタイトルを見つけた。

「おお、来てたのか」

とりあえず面接にこぎ着けた。書類選考すら通らないかもしれないと思いながら、やけっぱちでエントリーした、電子部品メーカーの追加募集だ。

これまでの面接は、うまくやろうとしすぎて、空回りしてしまった。悠は素の人柄を出した方がいいとアドバイスをくれた。

趣味の話になったら、本が好きです、と言おう。周りに本好きが多すぎて、おこがましくて履歴書には書けませんでした、と格好つけずに正直に話してしまおう。好きな作家、最近読んで良かったと思った本、など訊かれても多すぎて迷うが、それならば悩むことさえ楽しめる。

「一人で頑張ってる気になってたけど、色んな人に気にかけてもらってるんだな」

もっとしっかりしなければ、と肩肘張ってみたところで、周りからは見透かされてしまっている。だが、不思議と嫌な気はしなかった。

「新見さんにメールしとこうかな。一人暮らししたい理由も、ちゃんと話さなきゃな」

まだまだ乗り越えなければいけないことも、やらなければいけないことも、たくさんある。

駅に向かう人の流れの一部となって、凛太郎は横断歩道を歩き出した。風に吹かれてふと見上げた新宿の夜空は、街の灯りを映していた。

第三話

雨が上がれば

夜のための仕込みを終えて店を出ると、二人の少年が風を切って駆け抜けていった。飲食店のネオン看板、室外機や鉢植えが雑然と並ぶ、狭い路地の突き当りで道を折れ、笑い声が消えていく。

梶原啓一は、少年たちが来た道を振り返った。彼らの両親か、東南アジア系の男女が写真を撮りながら散策している。

歌舞伎町《かぶきちょう》の飲み屋街も、昼間はただの観光地か。

啓一はショットバー〈十三月《じゅうさんがつ》の庭《にわ》〉のドアに鍵をかけ、昼の新宿ゴールデン街を抜けていく。花園《はなぞの》神社へと続く石段の前で足を止めた。心の中で、お邪魔しますと手を合わせ、境内に入った。

十一月も半ばになり、木々はすっかり色づいている。鳥居が連なる小さな稲荷《いなり》神社では、バックパックを背負った女性二人が本坪鈴《ほんつぼすず》を鳴らしていた。

この場所もいつからか観光に訪れる人が増えたが、新宿で生まれ、二十九年間この地で暮らす啓一は、初詣と酉の市以外で、外に住む人たちが訪れることに、未だに慣れなかった。

人間は風景をつくる重要な要素だ。長年変化のない場所にいてさえ、違う場所のように感じることもある。

啓一は足を止めてしばらく観光客たちを眺め、それから〈フレール〉に向かった。

開店前に、悠からすみを預かる約束をしているが、店も二階の事務所にも、まだ灯りが点いていなかった。

鍵を開けて、店内に入った。

鞄を下ろすと、啓一は〈ハンモックの猫〉の棚の前で足を止めた。

これまでは本が売れない焦りから、頻繁に総取り替えしていたが、落ち着いたようだ。一度話をしてからは、凛太郎からメッセージが送られてくるようになり、選書や売り方について何度も話し合った。言われたことは素直に聞き入れる性格で、古書の寄せ集めという印象はすでにない。

「ふうん、そういうことか」

不思議なもので、棚を眺めていると、そこに何が込められているのかが見えてしまう。

春日井という女性のために一冊だけ本を用意しても、他の客に買われてしまわないとも限らない。だから、彼女がいつ来ても欲しい本に巡り会えるように、彼女のための棚にしたのだ。

呆れるよりも感心した。恋をすると、相手の目に留まろうと必死になり、自分を変えることにさえ、喜びを感じるものなのか。

開店準備を済ませてから、啓一は自分の棚を確認した。前回入れたばかりの本が、すでにいくつか売れている。

「最近、やけに本が出るな」

時間を見つけて、感想を書かなくてはならない。

本を読むことで作者自身を探る。向き合って、真に書きたいことを掴む。以前まで感想は、その本が少しでも多くの人に読まれるように、SNSに投稿していた。だが、フォロワーが増えて投稿が拡散されると、本を評価することが自分自身への評価にも繋がっていき、何か違うのではないかと疑問を持つようになった。

他人に対して自分の価値を証明したいとは思わない。

啓一は棚の本を整えてから、コーヒーを淹《い》れて、読書用カウンターに座った。

約束の時間まで、あと十五分ある。次はどの本を持ってこようかと、スマホで自分の読書記録を眺めていると鍵の開く音がした。

「ごめんね、待たせて。もうちょっと早く来るつもりだったんだけど」

ボストン型のペットキャリーを提げた、悠が店に入ってきた。到着してすぐファスナーを開くが、すみは奥で縮こまったまま出てこない。

「おーい、着いたよ。今日の店番は、すみの大好きな啓一だよ」

しばらくしてキジ白の猫が顔を出した。辺りを見回し、ここがいつもの場所だとわかると、そろりと出てきた。

悠に撫でられると前足を揃えてその場に落ち着き、気持ち良さそうに手のひらに頭を擦りつけている。どこにいるかよりも、誰といるかが重要なのだ。

「閉店までには戻るから、それまですみをお願い。ご飯まだだからよろしく」

「了解」

店に慣らすためにも、朝晩の食事をできるだけ〈フレール〉で出すようにしている。

「あ、そういえばさ」

悠は立ち上がり、声を改めた。

「啓一さ、畝田《うねた》さん覚えてるよね？」

久々に聞いた名前だった。畝田は啓一が二年前まで勤めていたシティホテルの、メインバーにいたヘッドバーテンダーだ。

「そりゃまあ、覚えてるだろ」

七年も一緒に働いていたのだ、忘れるはずがない。

「昨日の夜、俺が仕事で会ったのがさ、カクテル好きな人だったんだよね。どんな店に行くのか話してたら、畝田さんの名前が出てきてさ。最近、新宿御苑前の駅の近くに、自分の店持ったらしいよ。珍しい苗字だし、四十代の男だって言ってたから、多分そうだろうなあと」

ほらこれ、と悠がスマホで店のウェブサイトを見せてきた。オーセンティックバー〈@TEN〉。ここから歩いて五分ほどの場所だった。

「そうなんだよ。今度一緒に行ってみない？　畝田さんのカクテルもおいしいしね」

「近いな」

「行ってもいいけど」

乗り気ではないというのが、本音だった。

「あれ、仲悪かったっけ」

「悪くはない。ただ、特に話したいこともないかな。『人間に興味を持てないなら、この仕事は向いていない』の人だから」

「え、何それ。畝田さんが言ったの？　啓一が言われたわけじゃないよな？」

答える代わりに肩を竦めると、悠は「嘘だろ」と絶句した。

「仕事を始めて一年くらい経った頃だったかな。その頃にまあ、何度か」

「何かやらかした？　お客さん怒らせたりとか」

「いや、特には。その頃は何がそう思わせるのか、随分考えたけど。他人の生き方に口出ししないのは、あの人も同じだし」

昔から読書はしていたが、それからは意識して読み方を変えた。登場人物だけではなく、作者を読もうとするようになった。

「ちょっと考えられないな。啓一が休みのときに一人で飲みに行ってもさ、俺、結構良くしてもらってたよ。畝田さんって言葉選んで、気を遣って話す人ってイメージだったけどな。話したいときと、考えごとしたいとき、察してくれたりとか」

「それが仕事だからな」

興味の有無にかかわらず、ふとした仕草や目線から客の考えを読めなければ、クレームに繋がりかねない。会話そのものよりもそちらが重要で、接客の技術を当たり前のように求められる場所だった。

「啓一がバーテンダー向いてなかったら、誰にできるんだ？　って思うけど。二人とも淡々と仕事してるから、気づかなかった。裏じゃ結構すごいこと言われてたんだな」

「あの人は自分の美学を持った人だったから」

「擁護《ようご》しなくていいよ。人間関係上手くいかなくなったら、仕事だって回らないんだから。何か気になることがあるにせよ、俺ならもうちょっと言い方考えるよ」

悠は声を荒らげた。

「言い方考えた上で、選んだ言葉がそれだったってことなんだろ。俺はバーテンダーになりたかったわけじゃないし、向こうも穴埋めで人を寄越《よこ》されても、という感じはあったんじゃないか」

話しているうちに、忘れていたことを思い出した。

啓一は調理師専門学校を卒業後、新宿の高層ビル街にある、シティホテルに就職した。レストラン勤務を経て、いつかは小さくても自分の店を構えるという夢があった。

入社後は希望部署に配属された。だが、人材不足で一時的に料飲部門に回ってほしいと頼まれて、研修後はメインバーに配置換えになった。入社時に希望部署で働けないというのは、どの業界でもあることだと聞いていた。

顧客からの要望に応えるためには、酒に留まらないあらゆる知識が必要で、異動を待つ間にも学び続けることが必要だった。声がかからないまま、週末のカウンターを任されるまでになると、諦めが勝ってバーテンダーの資格を取得した。退職を悩みながら、この仕事を生業にするしかないと開き直るまでには、随分時間がかかった。

「しかし、新宿で店を持つとは思わなかったな」

啓一には畝田の決断が意外だった。

彼の顧客に、週末になると独立開業の相談をしにくる、ウェブデザイナーの女性がいた。自分の店を持たないんですか、と訊ねられたときには「いつか海のある町で、カクテルをメインで扱う小さなバーを開きたいですね」と答えていた。それが、どういうわけか都会の真ん中とは。

畝田がその女性を気にかけて、親身になっていたことを知っている。だから、何気ない話一つでも、その場限りのいい加減な嘘をつくとは思えなかったのだ。

「俺もちらっと聞いただけだから、詳しくは知らないんだけど、啓一が辞めた少し後に、畝田さん身体壊して退職したんだって。それで、自分のペースで仕事をするために店を持つことにしたらしいけど。俺のせいなのかなーって」

悠は腕組みして首を捻った。

「何が？」

「一緒に仕事しようよって、啓一を引き抜いたから。俺はね、啓一が〈十三月の庭〉で働いてくれてすごく嬉しいし、やっと自分が息抜きできる場所ができたって思ったし、助かってるんだけど」

悠の会社の事業の一つに〈十三月の庭〉の経営がある。桜井家は経営者一家だ。親きょうだいそれぞれが、事業主かつ多角経営をしている関係で、様々な方面から仕事の話がくる。

姉の知り合いから、ゴールデン街の店舗が借りられるかもしれないと聞き、悠は飛びついた。啓一は頼み込まれて、雇われマスターとして仕事を手伝うことになった。

「あ、とりあえず仕事行ってくる。すみのことよろしくね。もし何かあったら連絡して」

気を取り直すように顔を上げ、悠は店を出て行った。

啓一はレジカウンターの中に入った。棚からウェットフードの袋を取り、皿に盛った。店内を見回すが、猫の姿は見当たらない。

「すみ、おいで」

しばらくすると本棚から、涼しげな鈴の音が聞こえてきた。すみが店内奥の一番下の棚から、半分顔を覗かせている。皿の方を見ているが、出てこようとしない。啓一がもう一度名前を呼ぶと傍《そば》に寄ってきた。

初めは遠くから様子を窺うだけで、食事を出してもなかなか近づいてこなかったが、最近は少し警戒を解いているようにも感じる。

「すみも悠に引き取られる前は、色々あったのかな。人と関わろうとしなければ、安全なんだろうけど。生きていくためには、そういうわけにもいかないんだよな」

身を固くしながらも餌を食べ始めた、すみの背中を撫でてみる。振り返って無垢な目で見上げてきた。一応は害のない人間だと認識しているのか、逃げ出そうとはしなかった。

「距離を保つのが平和に生きる方法だよな。特別に良いことも起こらないけど、そういうのも悪くないよな」

手を離すとまた、すみは食事に戻る。時間をかけて食べ終えると、啓一の方を向き、満足げな声で鳴いた。

手を伸ばすと一瞬体を強張らせたが、触れるとすぐに気持ちよさそうに目を閉じる。いつも悠がするのと同じように、額から耳の辺りを撫でてやった。

どこを触れば猫が喜ぶのかはわからない。だが、人間相手よりはましな気がした。わかりやすく反応してくれる。

啓一は空になった皿を持って、レジカウンターに入った。後ろから、みい、とか細い声がした。もう一度呼ばれて振り返ると、すみがまだその場に座りこんでいた。啓一をじっと見つめている。

「なんだ？」

シンクに皿を置き、すみに近づいた。

量が足りなかったのだろうか。悠は忙しくなると自分の食事を忘れるが、すみの分を忘れるということはない。

どうしてやるのがいいかわからず、猫の前にしゃがみ込む。

すみは立ち上がり、啓一と距離を取った。気が済んだのかと、レジカウンターに戻ろうとすると、鳴き声が聞こえてきた。振り向くとまた、見つめられていることに気づく。

もしかしたら、遊びたいとか。

近づくとすみは振り返りながら歩き出し、店の一番奥にある空き棚の中に収まった。啓一を誘うように顔を覗かせている。

「そこに俺は入れないよ」

片膝をついたとき、棚の隅に何かが置かれているのが見えた。フリーペーパー、と表紙に書かれたブロックメモだった。上から順にお取り下さい、と書き添えてある。

「まさか。ちょっとごめん」

啓一は棚の中に手を伸ばした。すみが驚いて飛び出したとき、和紙の切れ端がひらりと舞って床に落ちた。

〈小夜曲《さよきょく》〉と書かれている。

すみの定位置に新しく棚主が入ったようだった。本はまだ一冊もない。

啓一はメモをぱらぱらと捲った。題のついた文章が、何編も書き綴られている。


「あらぶる前髪」

わたしのもとに春が来た。浮かれた陽気に誘われて、半年ぶりに自転車を引っ張り出す。ペダルは重く、坂道でもないのに歩く人につぎつぎと追い越されていく。犬を連れて散歩する老夫婦にさえかなわないのは、身体がまだ冬眠中だからなのか、毛布にくるまって凍えるうちに筋力が低下したからなのか、自転車が錆びついてしまったからなのか。

ペダルを踏んで、踏んで、つつじの道を走るうち、土の香りを風が運び、高校生のはしゃぐ声が弾けていく。ひとは誰でも膜に包まれている。どんなに言葉を交わしても、胸を叩いても、破ることのできないもの。わたしは外へ飛び出して、小さな穴でも探してみようか。

こどもの駆け足が、たやすくわたしを越えていく。ペダルを踏んで、踏んで、アオスジアゲハに追い越され、足首は次第にばかになり、額に汗が滲んでいく。ヘアアイロンで伸ばした前髪はすでにあらぶって、どうしようもない。まだ、どこにも辿り着いていないというのに。

「日記か？」

日付が書き残されていて、同じ文章は二つとない。書き損じを斜線で消しているくらいだから、他人に配ることを想定したものではなさそうだ。

日常を書き留めた言葉を、一枚ずつ外して持っていけということなのか？　他の棚で、日記やエッセイなどの、フリーペーパーが置かれているのを見かけることはあるが、どれも印刷されたものだ。この形式は今まで見たことがない。

啓一は改めて棚名に目を落とした。

小夜曲はセレナーデともいい、愛する人を想いながら奏でる曲だ。音楽用語だが、広く使われているからか、スマホで言葉を変えながらいくつか検索してみても、この棚主と結びつきそうな情報は出てこない。

ブロックメモを持って、読書カウンターに向かった。ページを捲っていると、後ろから鈴の音が近づいてきた。すみが珍しく、椅子を伝って、カウンターの上に跳び乗った。

「読みたいのか？」

しばらく背を撫でていると、その場に寝そべった。

冷めてしまったコーヒーを飲みながら、啓一はもう一度、最初からメモを読み始めた。

春から秋へと季節は移ろっていく。初めのうちは日々の出来事の記録だったが、夏の間はほとんど外に出なかったのか、心の内側を見つめる文章へと変わり、季節が進むと、内に秘めていた誰かへの想いが、一語一語から溢れ出す。

「いいのかよ、読み手を選ばずにこんなものをばらまいて」

人が無意識に隠そうとする部分を、躊躇なくさらけ出していて、見てはいけないものを見ているような気持ちになる。

レジカウンターの中に入って、壁に張られた店番のシフト表を確認した。三日後の悠の名前が斜線で消され〈小夜曲〉に変更になっていた。

「多分、この日に本を置きに来るってことだよな」

啓一は自分の予定を確認し、スケジュール帳にその日を書き込んだ。〈小夜曲〉がどんな選書をするのかも気になるが、それ以上に、あのメモを書いたのがどんな人間なのかを見てみたい気持ちがあった。

店番をしながら、家から持ってきた小説を読もうかと思っていたが、止めにした。このメモにある文章は、今日を逃したらもう二度と出会えなくなる。

捲りながら考える。なぜその言葉を選ぶのか。無意識の選択か、それとも、どうしてもその言葉でなければならなかったのか。

啓一は鞄から、読書記録を書き残しているノートを取り出した。日付と見つけた場所を記録する。『心の物音』と題をつけ、ボールペンを走らせた。

アスファルトを打つ雨が、次第に激しくなってきた。啓一が〈フレール〉に駆け込むとすぐに、雷鳴が聞こえた。

「ついてないな」

建物に入って、容赦なく降り注ぎ出した雨を見る。通り雨であることを祈りつつ、くせのない髪をかき上げて軽く息を整えた。

猫がいます、と張り紙がしてあった。二階へと続く階段を見上げるが、事務所の灯りは消えている。悠が店番の仕方を教えているのだろうか。啓一はそっとドアを開けた。

「こんばんは」

ガラスに叩きつける雨音に重なって、店番の声は半ば掻き消されていた。

レジカウンターの中の小柄な女性に、啓一は会釈した。

彼女が〈小夜曲〉の棚主か。

顔立ちが幼く高校生のようにも見えるが、年齢は二十代前半というところだろうか。雰囲気は落ち着いている。紺のワンピースと、黒縁の眼鏡。額に下ろした真っ黒な前髪を見て、あれもヘアアイロンで伸ばしているのかと、つい想像してしまう。メモは生活の一部なのか、それとも想像の産物なのか。探りたくなる。

ひな壇の本を見ていると、足元で鈴の音がした。一体どこに隠れていたのか、すみが啓一に近づいてきた。膝を折って手の甲を差し出すと、体を擦りつけてくる。

そういえば悠の姿が見えない。不慣れな店番と怖がりの猫を置いて、どこへ行ってしまったのか。

啓一は本棚を見て回った。〈トリプルセック〉の棚の本は残り三冊になっている。

この五日間で、また売れていた。棚を借り始めた頃は、月に数冊出れば良い方だと思っていたから想定外だ。とはいえ、興味を持って手に取ってくれる人がいるのは有り難い。シェア型書店の棚を借りて本を置くのは、本好きとしてのささやかな推し活でもある。

〈ハンモックの猫〉も順調に売れている。棚から一冊手に取った。パリの街並みが表紙になった、都市デザインに関する本だった。

凜太郎は無自覚だが、興味の幅の広さや、物事を素直に受け容れられる性格は強みになる。そういう部分を会話から引き出せる面接官に当たれば、就職もすんなり決まるのではないか。悩んでいるが、あとは出会いに恵まれるかどうか、というだけのような気もする。

売上への貢献も兼ねて、凜太郎の本を読んでみることにした。

普段は目に留まらない本でも、売り手の背景が見えると興味が湧く。〈フレール〉ではそういう本こそ、買っているような気さえする。

他の棚に移動しようとしたとき、轟音が聞こえた。窓に目を向けると、激しい雨が突風に煽《あお》られて、カーテンのように揺れていた。

店番の女性はレジカウンターから、荒れていく景色を見つめている。

啓一は腰を屈めて〈小夜曲〉の棚を覗く。ブロックメモがなくなり、赤い手漉き和紙が表紙の本が二冊置いてあった。四つ目綴じという、背に沿って四箇所小さな穴を空け、糸を通して綴じる製本方法だ。

糸の綴じの弛みや、背のゆがみ。造りの粗は一目でわかる。個人が作った小規模刊行物だ。手に取って裏返してみるが、題がない。売上カードも無題だった。

開いてページを捲っていくと、目次の部分に著者名を見つけた。小夜香《さやか》、と書いてある。彼女が作った本だ。

一冊持って立ち上がったとき、後ろから靴音が近づいてきた。

「近くにお住まいですか」

振り返ると、小夜香がすぐ傍にいた。両手でワンピースの色と同じ、紺色の折り畳み傘を握りしめている。

「雨が酷いので」

それだけ言って、手に傘を押しつけてきた。

店に置き傘はなかったはずだが、自分の傘を貸そうというのだろうか。啓一は戸惑いながらも、落ち着いた声で返す。

「大丈夫ですよ。お気遣いなく」

「でも本が。今、手に持っているその本、わたしが書いたんです」

彼女は眉間に皺を寄せ、真剣な目で訴えてくる。

啓一はあまりの驚きに笑ってしまいそうになり、顔を背けた。

自分を犠牲にして、他人に傘を差し出しているのかと思った。だがこれは、作品を守るための行為なのか。

「少し待って止まなかったら、本は明日取りにきますよ」

啓一はやんわりと断わった。彼女は俯いたまま、折り畳み傘を握りしめる手を震わせている。

身長が高いせいで、威圧的に見えるのかもしれない。啓一は意識して声を和らげた。

「自分で製本したんですよね。大変でしたか」

興味があることについて話をすれば、緊張を解けるかと思って話題をふると、小夜香は顔を上げ、強く引き結んでいた唇を開いた。

「大変かどうかは人によると思います」

それはそうだろう。個人に対する質問を、全体に対する質問として答えるのは、苦労を見せたくないからなのか、それとも、自分のことを訊かれても、何も答えないという意志の表れなのか。

「この本、読ませていただきますね」

レジに向かうと、彼女は後からついてきて、カウンターの中に入った。

「おいくらですか」財布を出すと、

「わたしの本は差し上げます」そのまま本を渡された。

「それはちょっと」

本から売り上げカードを抜き取ってレジに並べ、足した金額を、コイントレーに置く。すると彼女は会釈して、確認のために電卓を叩き始めた。間違えては打ち直す、というのを繰り返している。

見ているからいけないのかと、啓一が目を逸らしたとき、カウンターの奥に〈トリプルセック〉に並べてあった本が、三冊積まれていることに気づいた。

売上カードは抜かれている。普段小説をほとんど読まない悠が買うとは思えない。彼女が買ったということだ。

さすがに黙ってはいられず、啓一はカウンターの奥を指した。

「あの。〈トリプルセック〉の棚主の梶原です。その本、俺の棚にあったものかと。ありがとうございます」

彼女は取り乱した様子で振り向いた。不安げに視線を彷徨《さまよ》わせている。あの本が、見られてはいけないものだったとでもいうように。

「最後のページに感想を挟んでいるので、よかったら読了後に読んでみてください」

笑いかけたつもりが、小夜香は瞳を潤ませた。「すみません」と声を揺らして背を向ける。眼鏡を外して目元を手で擦り、そのうちに鼻まで啜《すす》り始めた。

ちょっと待て。今何か気に触るようなことを言ったか?

これまでのやりとりを振り返りながらも、かける言葉を見つけられずにいると、小夜香は振り向きもしないまま、無言でドリンクメニューを差し出してきた。

「いや。大丈夫ですよ、もう出ますから」

理由はわからないが、原因は自分にありそうだ。せめてもの気遣いでそう言ったものの、外は依然として大雨だ。「どこかに買った本を置いておいてもらえますか」と頼むと「何か飲んでいってください、お話がしたいです」と涙声で懇願された。

早く立ち去ってほしいのだとばかり思っていたが、そうではないのか。

啓一はコーヒーを頼んで読書カウンターの端の席にかけた。雨に覆われた新宿御苑に目を向ける。ガラスには、外灯に照らされてぼんやりと浮かぶ木々の輪郭に重なって、コーヒーの準備をする小夜香の姿が映っている。

手元にある、買ったばかりの本に目を落とした。

ここで読むのはやめておいた方が良いだろう、読めば何かを言わなければならないし、彼女の感情を刺激したくない。かといって、他の本を読むのも憚《はばか》られた。

窓の外をただ眺めていると、鈴の音が近づいて、すみが足元に寄ってきた。腕を伸ばして頭を撫でてみる。

気まずい空気を察して、出てきてくれたのだろうか。今日は随分気軽に触らせてくれる。

トレイにコーヒーを載せて歩いてくる小夜香の姿が映った。すみはカウンターの下に潜って、啓一の足元で丸まった。

お待たせしました、とカップを差し出された。小夜香はトレイを胸に抱えたまま、畏まって横に立ち尽くしている。

「ありがとうございます」

振り向いたときに見えた目元は、まだ赤かった。

「実は、初めてじゃないんです、梶原さんの棚の本を買うの」

唐突にそう言って、彼女は唇を引き締めた。目を伏せて、前髪を何度も指で梳《す》いている。

「わたし、実は棚主になるずっと前から、何度も〈フレール〉に梶原さんの本を買いにきていました。梶原さんの書いた、感想が欲しくて」

「あっちはただの付属品ですよ」

啓一は内心驚いた。最近本がよく売れると思っていたが、彼女が買っていたのだろうか。

「わたしの本の読み方っていつも、自分の常識に照らし合わせて、好きだとか嫌いだとか、言っているだけなんだなって思って。その人が何を書こうとしているかなんて、考えようとしたこともなくて」

そういう読み方になったのは、自分に不足しているものを、読書で補おうとしているからだ。ものを書く人を尊敬する気持ちはあるが、それだけじゃない。

「色んな読み方があっていいと思いますけど。俺もこうやって感想を残したりはしていますけれど、別に自分が正解だと思っているわけじゃないですから」

投げやりに言っているわけではなく、本心から思う。

「わたしは梶原さんみたいに本を読めたらなって思うんです。でもできないんです。そうすることに、怖い気持ちがあって。作者の気持ちになって考えると、わたし自身がその人の思考に侵されてしまう気がするというか」

「思考に、侵される？」

啓一はつい、訊き返した。

自分の知り得なかった人生を疑似体験し、作者を探ることで新たな視野を得る。それを、思考に対する侵略だとは考えもしなかった。

当たり前だと思っていたことに改めて疑問を持たされて、啓一は唸った。様々な作者の視点で見ようとすると、自分自身が何かの寄せ集めであるように感じてしまうということか？

「読むことでわたしだったらどうかなって考えて、わたし自身を深く掘っていくというか。

最近になってようやく、自分の解釈でしか本を読めない人間なんだって気づきました。梶原さんみたいに、誰かに寄り添う読み方がしたいのに」

「俺が寄り添えているかなんて、わからないですよ。書いている感想もどうなのか。作者からしたら、見当違いかもしれない」

「そうだったとしても、もらった作者は嬉しいと思います。絶対に」

小夜香は言葉に力を込める。

「だって人のことなんて、どんなに知りたくたってわからないんです。自分のことだって完全に理解なんてできなくて。だから、わかろうとして向き合ってくれるだけで、十分じゃないかなって。救われると思います」

今度は慎重に、言葉を選びながら言う。

啓一は以前見た、ブロックメモの一文を思い出していた。

ひとは誰でも膜に包まれている。どんなに言葉を交わしても、胸を叩いても、破ることのできないもの。頭の中で一度、その言葉を咀嚼する。

「相手をわかろうとして、向き合うのは当たり前では？　理解できるかどうかは別として」

「えっ」

眼鏡の奥で二重の目を見開いて、小夜香は黙った。瞳はこちらを見つめているが、思考はどこか遠くへと旅立っている。

「あの、梶原さんって」

何かを言いかけて首を振り、改めて口を開く。

「本当に人間が好きなんですね」

強張っていた小夜香の表情が、ようやく緩む。

啓一が戸惑うと「絶対に好きですよ」と断言する。

人間が好きと言われても、正直ぴんと来なかった。他人に目を向けようとするあまり、自分自身について深く考えようとしたことがなかったのかもしれない。

小夜香は薄く唇を開いたまま、無遠慮に顔を見つめてくる。だが、こちらを見ているようで、自分自身のことを考えている。そういう目だった。

何かの一節が引き金となって、頭の中で言葉が巡り、新たな方向に思考を進めていくのだ。それくらいでなければ、創作はできないのかもしれない。

啓一は雨音を聞きながら、小夜香がこちら側の世界に戻ってくるのを待った。

「わたしいつも、書き終わると絶望するんです」

話は唐突に始まる。だが、顔をつき合わせていると、そのペースにも違和感は覚えなかった。相鎚を打つと、小夜香は席を一つ空けて、啓一の横に座った。

店番中だということも忘れているのか、カウンターの上に両腕を置き、上体を伏せて顎を載せる。視線を窓の外に投げている。

「どうしてこんなふうにしか表現できなかったんだろう、本当はこうじゃないのに、って。書いたり消したりして、結局だめだったりするんですけれど。いやになって全部放り投げたとき、『ああ良かった、これでもう悩まなくていいんだ』って安心するんです。それなのに、なんでまた書くんだろうって。だって何も書かなかったら、絶望することなんてないじゃないですか」

「どうやって書こうかと、考えている時間が好きなのでは？」

「え、だってただ、絶望するだけの時間ですよ」

「そうかもしれないけど」

それも彼女にとって必要な時間なのだ。そんな気がする。

「じゃあ、書くのを止めたとして、したいことは？」

小夜香はカウンターに目を落として考え込んでいたが、やがて口を開いた。

「わからないです。前に、ずっと書けない時期があったんです。もういいやって本気で思った瞬間に、繋ぎ留めてあった言葉が全部ばらばらになって。そのときは必死でした。どうしたら取り戻せるのかって。あると手放したくて、失うと欲しくなるなんて、なんか不毛ですよね」

今も書いてはみてるんですけれど、やっぱり昔とは感覚が違う気もして、と不安げに瞳を揺らす。

それで作品を本にして、誰かに判断を委ねてみようと思ったのだろうか。

「梶原さんは、本を読んでいるときに、作者のいやなところが見えてきたりしないんですか。どうしようもない人だなって思ったりとか」

「どうしようもない人っていうのが、どんな人かよくわからないけど。同じですよ、どんなものを読むときでも。俺は本を読んで、良し悪しをジャッジしたいわけじゃないんです。ただ単純に、作者を探るというか」

そうですか、と言いながらもまた、小夜香は不安げな表情で、何かを考え始めている。自分の書いたものが、どう読まれるのかを想像して、恐ろしくなったのかもしれない。

「〈小夜曲〉さんは、自分の書いたものを、広く読まれたい？」

すでに自分で本を作っている人に訊くのはおかしな気もするが、それだけは知りたかった。

小夜香は起き上がって、啓一に向き直った。黙り込んでいたが、やがて口を開いた。

「書いていたときはただ必死で、そうしなきゃいけないって思い込んで本を作ったけど。でもきっと、読んでほしいんだと思います」

ゆっくりと、自分に言い聞かせるような口調だった。

足元で鈴が鳴った。

小夜香は短く悲鳴を上げて、椅子から飛び降りた。啓一に駆け寄って腕を掴んだ。

「ね、猫が」

近寄ってこないかどうか気になっているのか、顔を背けながらも、足元を窺っている。すみは啓一を見上げたまま、その場に座り直した。もともと臆病な猫だ。逃げることはあっても、人に飛びかかることはない。

啓一の視線に気づくと、小夜香は口元に引きつった笑みを浮かべた。すみがカウンターの下から出ると、一定の距離をとるように、後退りする。

猫が苦手なのだ。この店に看板猫がいることはわかっていたはずなのに、なぜ本を売る場所に〈フレール〉を選んだのか。疑問は尽きないが、それもそのうちにわかるだろう。棚主同士、また会う機会もあるはずだ。

「あ、雨が止んでます」

小夜香は窓の外を指した。店の中まで音が響くほどの大雨だったのに、話に夢中になるうちに忘れていた。

「じゃあこの本も持って帰れますね。読ませてもらいます」

するとまた、彼女は口元に両手を当てて、瞳を揺らした。たった数冊だったとしても、この本を世に出すのに、勇気が要ったのだ。

啓一はコーヒーを一口だけ飲んで席を立った。

すみは出口までついてきて、その場に座った。

「また来るよ」

こちらの言っていることを理解したのか、店の外までついてこようとはしなかった。

小夜香はレジカウンターの中に戻って何かを書いている。あのメモの続きだろうか、それならばまたぜひ、読んでみたいと思った。

「それでは、また」

ドアに手をかけて会釈すると、彼女はどこか緊張した面持ちで、深く頭を下げてきた。


雨が止んで、寒さが増している。啓一は新宿通りに出て、四谷《よつや》方面に歩いた。五叉路の交差点手前、道を一本裏手に入る。黒板を見つけると、ビルを見上げた。二階の突き出し看板にはオーセンティックバー〈@TEN〉と書かれている。

人がやっとすれ違えるほどの、幅の狭い階段を上って扉を押す。いらっしゃいませ、と聞き慣れた声がした。

カウンター六席とテーブル三席の、こぢんまりした店だった。畝田はシティホテルのメインバーで働いていたときと同じように、髪を後ろになでつけ、黒のスーツにボウタイを締めている。仕事用の笑顔を向けてきたが、客が誰なのか気づくと、顔を強張《こわば》らせた。

どうぞ、と促され、啓一はカウンターの中央に座った。

　バックバーにはウイスキーのボトルがずらりと並ぶ。ボトルキープの棚には、以前、畝田の顧客が好んで飲んでいたものが置かれているが、違和感があった。

「ジントニックを」

　酒瓶を眺めながら、店の味を知るための一杯目を注文する。畝田は冷凍庫から、霜のついたナンバーテンのボトルを出した。シトラスの香りの華やかさと、繊細な味わいが特徴のドライジンだ。

「驚いたよ」

　畝田は再び、笑顔を取り繕った。

「まさか、梶原が来てくれるとは思っていなかった。人から聞いたよ、ゴールデン街のショットバーでバーテンダーをやってるって。忙しい？」

「それなりにには。でも気楽ですよ、友人の店ですから」

「もったいないな。どこに行っても重宝されるよ、梶原の腕なら」

　こんなお世辞を言う人だっただろうか。

「今の環境も気に入ってます。公然と本も読んでいられますし」

「そういえば、仕事の前にいつも読んでたよな。最近はどんな本を読んでる？」

　顧客の中に、本が好きな人がいて、と話し出す。以前から畝田の顧客には本が好きな人がいた。そのときには何も訊かれなかったのに、なぜ今更訊いてくるのだろう。違和感が募っていく。

啓一は話をしながらも、作業する手元を見つめていた。次に何をするべきか手が全て覚えているといった、滑らかな動作。だが、長く畝田を見ていたから、いやでも違いがわかってしまう。

「人づてに聞きました。身体を壊して退職されたと。まだ完全に、良くなっていないんですか」

訊ねると、畝田は笑った。やがて声は張りを失い、深いため息へと変わる。

「やっぱり梶原の目は誤魔化《ごまか》せないか」

「バックバーを見た時点で、おかしいなとは思いました」

畝田が最も得意としていたのはカクテルだ。それなのに、リキュールが揃っていない。

「実は二年前の脳出血の後遺症で、右手に軽い痺れが残ってる」

ジントニックのグラスを啓一の前に置くと、畝田は両手をあげて指を動かした。見ている分にはわからない。

「リハビリの成果もあって、日常生活に支障はない。次に倒れたら、どうなるかわからないけどな。だから店名は〈@TEN〉あと十年だ」

「笑えませんね」

「余命の話じゃなくて、店を何年続けるかの目標だ。今の状態ならばともかく、もしまた何かがあって麻痺が酷くなれば、もう無理だろうな。今ですら、シェイクは前と同じようにできる自信がない」

シンプルなカクテルほど、技術の差が出る。わずかな違いがわかってしまうのだろう。氷を作るにも、客の好みやその日の気候に合わせた、細かな調整が必要になる。道を究めようとしてきた人だからこそ、感覚が戻らずにコントロールできないことが許せないのだ。

「一杯、二杯ならまだいいけど。そんな状態じゃ、仕事ではカクテルを出せない」

「じゃあこれから出直しですね」

真顔で冗談をふってみると、

「ちゃんと言い返せるようになったんだな」

畝田は声を上げて笑った。

「どういう意味ですか」

「梶原は自分を主張しないし、なんでも受け流して生きているように見えたから。ああいう環境で働いていれば、それも仕方がなかったのかな」

啓一がグラスを空けると、二杯目は何を飲むのか訊かれた。何かおすすめを、と言うと畝田は迷わずにタリスカーのボトルを手に取った。

メインバーに配属になったばかりの頃、畝田から「好きなウイスキーは」と、訊かれたことがある。そのとき啓一は、一度も飲んだことがないのに「タリスカー」と答えた。著名な作家が愛飲していたという酒で、名前だけは知っていたからだ。

何年も前のやりとりを、覚えているのだろうか。

タリスカーを同量のミネラルウォーターで割ったものを啓一に出して、畝田は自分の酒を用意する。それからカウンターの外に出て、ドアにクローズの看板をかけた。

「それで、今日はどうしてここに？　久しぶりに話がしたい、と思うほど親しくもなかったし、俺の身体を心配して、なんて理由でもないだろう。店を始めたのなら、それなりに生きてることくらい、わかるだろうから」

隣の席にかけると、畝田が訊いてきた。

悠から独立をしたことを聞いたから、というのは違う気がした。それだけの理由で、ここへは来なかっただろう。

「今日会った人から、梶原さんは人間が好きなんですねって、言われたんです」

そうか、と言ったきり、畝田はグラスを弄《もてあそ》んでいる。

「仕事に行くつもりが、足がここへ向かっていました」

「何か思うところがあった、と」

畝田と視線が合った。

距離を保てば安全に生きられる。良いことは起こらない代わりに、悪いことも起こらない。物事を俯瞰すれば、何が起こっても、何を言われても、動じなくなる。啓一にとって唯一の心を守る方法だった。

畝田の一言がきっかけで本の読み方が変わった。それほど自分が影響を受けた人だったのに、向き合わないままでいた。だが、書き続けていた本の感想が小夜香との縁になり、導かれるようにここへ来た。それはなぜなのか。

「いつか訊こうと思っていたんです。俺がずっとメインバーから異動できなかったのは、畝田さんのせいじゃありませんか」

料飲部門は万年人材不足の上、バーテンダーには専門的な知識や技術も要る。簡単に配置換えはできないだろうと諦めてはいたが、それにしても長すぎた。

畝田は否定せずに、苦笑いしていた。

「梶原はバーテンダーを続けるべきだと思ったからだよ」

「なぜですか」

仕事を辞めると伝えたとき、次に何をするのかも話さなかったが、引き留めようとはしなかった。最後の日はいつものように、おつかれさま、と空々しい言葉を交わしただけで、一度も腹を割って話をしたことはなかったのに。

「料理をやりたいとも言っていたし、将来どこに向かうかはわからなかったが、この先どうなるにせよ、梶原にとって必要なことは、バーテンダーの仕事で身に付くと思った。人と接する上で一番大切なのは、上辺で調子を合わせたり、気の利いた言葉で機嫌をとることじゃない。ただ誠実に向き合って、その人をわかりたいという気持ちでいることだ。それを忘れてほしくなかった。梶原は技術の呑み込みが早かったし、周りも褒めそやしただろう」

「俺がそんなことで、調子に乗ると思ってました？」

「思わないけど、実際はわからない。カウンターに立つようになって、どのくらいだったかな。『梶原くんのカクテルの方がおいしいから、畝田さんが休みの日に来るよ』なんて言っていた人がいただろう」

「ええと、奥原《おくはら》さん」

仕事の関係で、月の初めにいつも宿泊する畝田の顧客がいた。何か特別なことをしたわけではなかったが、啓一はすぐに気に入られた。

「俺は『梶原をまだ褒めないでください』と、言ったんだ。若さはそれだけで有利なんだよ、足りないものを補ってしまう。ある程度の年齢になれば、技術はあって当たり前。本当に大切なことを置き去りにしてほしくなかった」

「そのまま俺に言えばよかったじゃないですか」

「梶原への嫉妬だと思われる」

それで、敢えて心にひっかき傷を作ったということか。他に何かやりようがあったのではないだろうか。釈然としない気持ちだったが、物事を俯瞰するくせがついていたから、そうでもしなければ、言葉が届かないと思ったのかもしれない。

「人間に興味を持てないのなら、この仕事は向いていない。畝田さんはそう言ってましたよね。俺はそれを聞き流せずに、仕事をしながらずっと考えてきました」

「そんなに根に持っていたのか」

「当然ですよ。だから、今もこの仕事やってるんです」

啓一はわざと憮然とした表情で言う。畝田は「こんなに率直に感情を出す人間だとは思わなかった」と、愉快そうに笑った。それはこっちの台詞《せりふ》だと言い返すと、さらに声を高くして笑う。

「畝田さん、俺、メインバーで働いていた頃、自宅で水耕栽培をしていたんです」

「へえ？」

「俺は料理人になるつもりだったし、食材がどうやって育っていくのかを知らなければ、自分の目で選べないと思っていました。それでまず、ミニトマトから育ててみることにしたんですよ」

畝田は相鎚すら打たずに、話に耳を傾けている。

「根を張りながら枝葉を伸ばしていく時期には、タンクを二日で涸らすほど水を吸うんです。でも、花が咲き、結実する頃には、ほとんど水を吸わなくなる。あとは現状維持をしながら、大人しく種が運ばれるのを待つだけです。室内ですから、実際は、ただそこにあるだけなんですけれど」

言っていることが判然としないのだろう、畝田が探るような目で見つめてくる。それを見て啓一は、自分にも同じくせがあるが、それは彼の影響もあるのかもしれないと思った。

「俺は驚きました。野菜がどう育つかくらいは知っていましたけど『花も実もある』とか『花を持たせる』とか『実を結ぶ』とか、良い意味で使われる言葉じゃないですか。でも、花が咲いて実が生る頃には、もう終わりなんですよ。生きるということは、新しい場所で根を張って、成長を繰り返す、ということなんです」

自然と視線は右手に向かう。

「なあ梶原、それは、エールのつもりなのか？」

畝田は戸惑いの視線を投げかけてくる。

「もう一度自分の技術をつくりあげていくのも、悪くないと思いますよ。これまでの技術なら、俺が引き継がされましたし」

啓一は話しながら、自分の口から滞りなく言葉が出てきていることに、驚いていた。畝田への感情を見つめ直しているのか、それとも、今こうして向き合ったことで、変化が起きているのか。

「短い人生だしな。できないことは割り切って、素直に愉しんだ方がいいのかもしれないけどな」

それができないのが、畝田なのだろう。どこまでも突き詰めてしまい、ほどほどで止められない。啓一は自分にも似た気質があることを自覚している。畝田はそれに気づいていたからこそ、厳しく指導したのかもしれない。道半ばが続く終わりも完成もない仕事に、喜びを感じられるかどうかを試すために。

「梶原、今のうちに好きなことをした方がいいよ。明日は今日と同じとは限らない。いつ何が起こるかはわからないんだ」

「俺は好きなことしかしていませんよ。今度、うちの店にも来てください。最近少しずつ、料理も出すようにしているんです」

啓一は〈十三月の庭〉のショップカードを兼ねた名刺を置くと、タリスカーを飲み干して、席を立った。

歌舞伎町のネオンが見え始める頃、歩道は飲食店を探す人で溢れかえる。どんな人がいようとも、誰も振り返ることもない、雑多な人々が集まるゆえに個性さえも主張にならない街、新宿。人混みを見ると帰ってきた、という気持ちになる。

新宿ゴールデン街にある〈十三月の庭〉に着くと、啓一は店の鍵を開けた。コートを掛けると、カウンターに身を乗り出して、間接照明のスイッチを入れていく。カウンター五席が照らされた。客席背面には本棚があり、カクテルやウイスキーの登場する小説を並べてある。

啓一は本棚からブックスタンドを取って、小夜香の本を立て掛けた。

「さて、やるか」

カウンターの中に入ると、カットソーの袖をたくしあげてアームバンドで留める。今日の一杯目は、名前のない本からイメージしたカクテルだ。

バックバーの棚から、口の広く開いたソーサー型のシャンパングラスを選び取った。小夜香の真剣な目を思い出す。地味な風貌は、熱情を隠すための殻なのではないか。

シェイカーのボディをカウンターに置く。タンカレー、ディタ、グランマルニエ、フレッシュオレンジジュースをメジャーカップで量り入れ、バースプーンで一杯グレナデンシロップを落とし、撹拌。かちわりの純氷を目一杯入れると、ストレーナー、トップと順に被せた。

ここからは時間勝負だ。右手の親指をトップ、左手の親指を肩に、中指を底にかける。氷の動きを意識して、上下に振り分けながら、指先で冷えていく酒の温度を計る。

グラスの足を片手で押さえて、カクテルを注ぎ入れた。

アマポーラ、夕映えのような鮮やかなオレンジ色の、大人の恋のカクテルだ。メインバーで働いていたときに、畝田がよく常連の女性客に出していた。

その女性客は畝田にほのかな好意を寄せていた。彼もまた、同じ気持ちに違いなかったが、彼女が店に来たときに、安らげる場所であることを第一に、踏み込みすぎない関係を維持していた。

地元岡山《おかやま》での独立について、相談に来ているという体だったが、着慣れないフォーマルな服が、様になっていくのを見て、人は恋をするとこんなにわかりやすく変化するのかと、感心したものだった。

一口飲むとライチの華やかな香りが鼻腔《びこう》を抜けていく。そして喉を通るとオレンジの酸味と苦み、切れ味の良いドライジンの辛さが追いかけてくる。

「何年ぶりだ、レシピ本当に合ってるのか」

まさか、自ら進んで畝田のカクテルを作る日が来ようとは。啓一は、伸びすぎてまとまらなくなった髪を耳にかけた。

カクテルを飲み干して、和紙の手触《てざわ》りを楽しみながら、本を開いた。頭の中には、小夜香の言葉が巡っている。

自分のことだって完全に理解なんてできないのだから、他人をわかろうとして、向き合うだけでいいのではないか。曇って見えなくなっていたものを見透かした言葉だった。

そこにない何かまで、言い当てる洞察力がありながら、彼女は一体何が不安なのか。

書き続けられるように俺が推すよ。

まだ一字も読んでいないのに、そんな気になっている。

第四話

ことのはを手繰って

どうしてわたしはあんなものを世に出してしまったのだろう。

二宮清香《にのみやさやか》はセット椅子に座る自分の姿を鏡越しに眺めながら、昨晩の出来事を思い出していた。

創作に熱中するあまり脳の回路がショートして、夜までほとんど寝てばかりの日だった。食べ物を買いに行く気力が湧かず、布団に転がってスティックパンをかじっていると、スマホにSNSの通知が入った。毎週水曜日、日付が変わると同時に投稿される、憧れのレビュアーによる本の紹介だ。

浮かれた気持ちで画面を開いた。

ブックスタンドに立てかけられた、題名のない四つ目綴じの本が映った。長文が目に入って、清香は反射的にスマホを投げ出していた。

何が起こったのか、理解が追いつかなかった。

彼が紹介するのはいつも、出版社を通して発行されている小説だ。まさか、個人が作った世の中にたった数冊の、小説ですらない本を取り上げるなんて。

部屋を無意味に歩き回っていたが、頭の中は空っぽだ。冷たい風に当たれば、昂った気持ちが落ち着くかもしれないと、深夜の新宿でがむしゃらに自転車を走らせたが、体力と時間を消耗するだけだった。

息をすることさえも忘れていた。頭が引き絞られるような感覚に嘔吐《えず》いては涙をこぼし、途中三度も警察官に職務質問された。家に帰ることができなくなった、酔っ払いと間違えられたのだ。

彼はいつも、その本の良さを掬い上げた言葉を残す。同じ作家の作品をいくつも読んで、書くことで作家自身が何を見つめようとしているのか、真に書こうとしているものはなんなのかを汲み取ろうとする人だ。

会って話をしてみたい。いつか自分の作品を読んでほしい。うわごとで彼の名前を呟くほど、焦がれていた人だったのに、スマホを投げ出したあの日から、まだ一度も画面を開いていない。

「二宮さん、大丈夫ですか。染みてないですか？」

優しい声が聞こえて、清香は顔を上げた。

ペールブルーのニットを着た華奢《きゃしゃ》な女性美容師が、鏡越しに目を覗き込んでいた。瞬きをするたびに、長い睫が揺れている。同じ鏡に映ると、気後れしてしまうほど華やかな雰囲気の人だ。

「あ、大丈夫です」

いつの間にかできていた眉間の皺を伸ばして、ぎこちなく口角を持ち上げる。彼女はいつでも優しく微笑み返してくれるからほっとする。

今日は初めてのカラーリングをしに、美容室に来ていたのだった。作業をするのは美容師で、こちらはただ座っているだけだから、つい考えごとに没頭してしまう。

彼女は髪の上に被せたラップを緩め、肌が弱いと直接薬剤が触れなくても、痛くなってしまうこともあるから心配で、と言う。

「二宮さんもしかして、頭の中で創作中でしたか？」

「いえ。寝不足で、ぼうっとしてて」

「もう少し時間置くので、寝ていてもいいですよ。でも具合が悪くなったり、ちょっとでも変だなって思ったら、絶対に我慢しないで言ってくださいね」

唇から覗く白い歯をぼんやりと見つめながら、清香は頷いた。

高校三年生の就職活動中に〈美容室ブラン〉で春日井聡子に出会ってから、清香は五年間この店に通い続けている。もし聡子がこの店を辞め、他の美容室に勤めたり独立したりすることになっても、ついていくと決めている。

清香は幼い頃から美容室が苦手だった。髪をピンで留められるのも、コームやブラシが頭皮に触れることにも、痛みに近い感覚があったからだ。

どれだけ美容師に訴えても「もう少しだけ我慢してね」と苦笑で流され、横で見ている母親は、「本当に我が儘ばかり言ってすみません」と謝罪するだけだった。

自分が人よりも痛みに弱い人間なのだと知ってからは、我慢をするようになった。だから、限界に達して発する一言はいつだって最悪で、これまでたくさんの人を傷つけてきた自覚がある。

初めは聡子にもとげとげしく当たっていたが、気遣いのできる人だとわかると、長年細かく注文をつけてきた髪型はお任せになって、気を許して文章を書いていることまで話してしまった。今はもう、飼い主の前で腹を出して眠る、警戒心のないペットと変わらない。

聡子のすごさは、わからないものをわからないままに、丸ごと受け止めてくれる心の広さなのだと思う。

「春日井さん、わたしついに本を作ったんです」

髪の状態の確認を終えて、離れていこうとする聡子を呼び止める。

「えっ」

振り向いた聡子の表情がみるみる笑顔に変わっていく。

彼女にだけはずっと前から話をしていた。いつか自分の作品をまとめた本を作ってみたいということを。

「すごいじゃないですか、なんていう本なんですか？」

「題はないんです。初めは色々考えていたんですけれど、つけると何か、そういう塊になってしまう気がして」

聡子は、そうなんですね、と感心したように頷いている。カット用の丸いチェアを転がして、清香の隣に並んで座った。

「前にわたしが、憧れてるレビュアーの人がいるって言ったの、覚えてますか」

「ええと、啓一さん、でしたよね」

その名前が言葉になって鼓膜を震わすと、頬が熱を持ち始める。

「彼がわたしの本を、読んでくれたんです。それで、SNSに感想を書いてくれたみたいで」

みたいで、と言ったのは、ぱっと見たときに、たくさんの文字が並んでいたからであって、感想かどうかは定かではない。

語尾が尻すぼみになると、聡子が顔を覗き込んできた。すごくたくさん訊きたいことがあります、と目を輝かせている。

「啓一さんは、なんて書いていたんですか」

「実はまだ読んでいないんです。何が書いてあるのかと思うと恐ろしくて」

「いつも深く読み取ってレビューを書く人だ、って言ってたじゃないですか。もしかしたら二宮さんの書きたいものを、一番わかってくれる人かもしれませんよ」

そうかもしれないが、今回がいつもと同じという保証はどこにもない。

自分でも、何を書いたのかよくわかっていない部分もある。彼の目を信頼しているからこそ怖いのだ。見たくないものを正面から突きつけられるかもしれない。

「感想、春日井さんが読んでみてくれませんか」

「えっ、でも」

「スマホ、使えなくて困ってるんです。今の状態って、ロックを外したらすぐにレビューの画面が出てくるから」

清香は鏡の前に置いてある、貴重品をまとめたポーチから、スマホを取り出した。親指でロックを外して聡子に突き出し、膝の上で手を握りしめた。

聡子は画面を指でスクロールしながら、真剣な表情で文字を追っている。何もせずにただ待っているだけの時間は長い。

「わたしこれ、直接二宮さんに読んでほしいなあ」

スマホに目を落としたまま、聡子は言う。

「え、どういう意味ですか、それ」

つい尖った声を上げてしまい、口元に手を当てる。客やスタッフたちの視線が集まっていた。

聡子はそれを気にするでもなく、言葉を継いだ。

「わたしは本の感想も学校の課題以外では書いたことないし、文章を書く大変さはわからないんですけれど。啓一さん何度も読み直して、この感想書いてくれたんだと思う。そういう感じの、丁寧な文でした。だから二宮さんに届いたら、嬉しいんじゃないかなあって」

わたしは二宮さんの本を読んでいないから、何のことを指しているのかわからないところもありますけど、それでも興味が湧いてきます、と聡子は真剣な顔で言う。

「読んでいてちょっと感動しました。すごく誠実というか。感想に感動するっていうの、おかしいかもしれませんけど」

「おかしくないですよ。それ、わかります。すっごく」

清香は言葉に力を込める。

対面して話をすると淡々としているが、胸に響く言葉を書く人なのだ。だから、彼が作者を探りたくなるのと同じように、彼自身のことを知りたくなってしまう。

「はい、じゃあ次は二宮さんの番。読んでも大丈夫だと思いますよ。わたしは、愛のある言葉だと思いました」

手のひらにスマホを載せられた。薄目を開けて画面を見る。いつの間にか啓一のアイコンが変わっていた。前に見たときは積み上げられた本だったのに、オレンジ色のカクテルの写真になっている。

「緊張しますよね。わたしもお店のレビューで、春日井って文字を見るとどきどきするので、少し気持ちがわかります。でも、絶対に読んであげてくださいね。おうちでゆっくり、でも良いのかも」

悩んだが、結局ポーチの中にスマホを戻した。どうしても勇気が出ない。

「二宮さんの本、どこに行ったら買えますか」

　聡子が訊いてきた。啓一の書いたレビューを見て、読んでみたくなったそうだ。文章を書いている、というのを知られるのはいいが、作品を読まれるのは嬉しいだけではなく、恥ずかしい気持ちもある。

「わたし、書店で本棚を借りているんです。最近ちょっとずつ増えてる、小さな本屋の集合体みたいなところで」

　説明しようとすると、聡子は「ああ、知ってます。シェア型書店ですよね」と声を弾ませる。

　テレビをはじめとした各種メディアで取り上げられてはいるが、本好きでもまだシェア型書店を知らない人も多い。だから彼女がその仕組みを知っていることが意外だった。以前、家に本棚がないと言っていたのに。

「どうして知ってるんですか」

「先月だったかな、お客さまから教えてもらって、行ってみたんです。〈フレール〉っていう、新宿御苑沿いにある本屋さんなんですけれど」

「そこです。わたしが棚を借りてるの」

　偶然に、二人して声を上げた。

「素敵なお店ですよね。最近、休憩も兼ねてお邪魔するんです。コーヒーも飲めるし。今度行ったら、二宮さんの書いた題名のない本、探しちゃおうかな。この間オーナーの桜井さんとお話したんですけど、出版社を通さない、個人が自由に作った本を読むのが好きな人が増えてきてる、って言ってました。あとそういえば。わたしに〈フレール〉を教えてくれたお客さま、桜井さんのことすごく好みだ、って」

うちのスタッフも時々行ってますよ、と聡子は振り返ってアシスタントの女性を指す。するとこちらに近寄ってきて、桜井さんのナチュラルなセレブ感がいいんですよ、と言うから驚いた。そんな目で彼を見たことがない。

どうですか？　と訊ねられ「わたしは全然好みじゃないです」と首を振る。

「自分がくせ毛なので、他人のくせ毛が気になって仕方なくて。桜井さん、いつも髪の毛くしゃくしゃなんですよ。絡まってるんです」

「え、あれって、そういうヘアスタイルなんですよね」

アシスタントは、聡子に判断を委ねる。聡子は微笑みでかわしてカットチェアから立ち上がると、もう一度髪の状態をチェックした。

あの髪型について触れることはなかった。誰か一人に共感して、もう一人を置き去りにする、ということをしないのだ。

「うん、もう良さそうですね。一回洗いましょうか」

どうぞ、とシャンプー台に案内された。

椅子に座って身体を後ろに傾けると、清香の耳元で水の音が鳴り始める。

〈フレール〉には他では手に入れることのできない、個人が作った本を買うことを目的に来店する人たちがいる。彼らはどういう目でその本を読むのだろう。書店に並べられている、プロが書いたものと比べたりするのだろうか。

水の音はいつかの通り雨の記憶を呼び覚ます。目を瞑《つむ》ると、〈フレール〉の読書カウンターに座る、啓一の背中が瞼の裏に映った。

ずっと前から話をしたかった。きっかけが欲しくて〈フレール〉の棚主にまでなった。溢れるくらい伝えたいことがあったのに、ほとんど話せなかった。おしゃべりなのは頭の中だけで、本人を目の前にすると、言葉は隠れてしまい、どんなに引っ張っても顔を出してくれなくなる。

〈トリプルセック〉の本を買うよりも前から、啓一の書くレビューを追いかけていた。読書用SNSに登録し、彼が初めて書いた八年前のレビューから、ずっとだ。

過去を振り返ろうとする度に、苦い思いが込み上げる。あの頃清香はまだ、中学三年生だった。

窓際の席から校庭を見下ろしていると、教室のドアが勢いよく開く音がした。

「すっごく良い。清香天才かも」

ドアくらい静かに開けられねえのかよ、という男子の声をものともせずに、清香のもとに来たのは、隣のクラスの中原美緒《なかはらみお》だ。清香は椅子に座ったまま、光に透ける明るい髪を見上げていた。

「それはもう、授業中にうるさいくらいメッセージ来たから知ってる」

ぶっきらぼうに答えると、

「うるさいってなんだよ」

美緒は笑いながら清香の頭を叩いてまた、褒め言葉を並べ出す。

照れくさくて、ありがとうの一言が出てこなかった。美緒は鞄から、朝に貸したばかりの詩のノートを引っ張り出して机の上に置いた。

「良いよ、感情むき出しって感じで。あたしさ、教科書に出てくる詩は難しくて全然わかんないけど、清香のだけはわかるんだ」

国語のテスト三十五点のあたしに理解できるんだから、これ世の中のみんなに響くってことなんだよ、と、確信を持った声で言う。もっと書いてよとせがまれて、清香は帰ろうよ、と美緒を急かす。クラスメイトたちに余計なことを知られたくない。

席を立つと美緒の腕を引いて、教室の外に出た。そのまま裏門へと引きずっていく。

六月上旬、梅雨入り前の蒸し暑い季節。湿気が肌にまとわりついている。髪のうねりが気になる憂鬱な時期だが、清香は最近愉しみにしていることがあった。裏門の日陰にあるアジサイの観察だ。

ちょうど咲き始めたばかりだった。五月には、まだ緑色の小さな粒々だった。六月に入ると固く結ばれていた蕾が解け、今は花びらの先端をほのかに色づかせている。

「アジサイって恋みたいだよね」

清香が呟くと、美緒が足を止めた。まじまじと花を見つめている。

咲き始めて間もない頃は、まだ何色にも染まっていない。日を追うごとに、思い思いの色に染まりながら、花びらを広げていくのだ。

言葉にして理由を伝えると「最近好きな人できた？」と美緒が訊いてきた。

図星だった。それでも、相手が誰かを探ろうともせずに「だから、清香の詩は良いんだね」と言葉を重ねる。

思ったことはなんでも口に出してしまう、余計な一言の塊みたいな人なのに、なんだか美緒らしくない。彼女自身が恋に過敏になっているからこそ、あの詩が響いたのだと、すぐにわかるのに。

「美緒って、斉藤《さいとう》のこと好きでしょ」

清香は確信を持って言った。

いつも一緒にいる友人が、誰を目で追っているのかくらい、知っている。けれどもそれは、美緒も同じはずだった。だから彼女は、誰が好きなのかを訊こうとしなかったのだ。

親友も同じ人に恋をしているという事実を知りたくなくて。

「告白してみれば？」

美緒が口を開く前に、清香は言った。

本気でそうすればいいと思っていた。どのみち自分は遠くから眺めることしかしていなかったのだから、望みはない。

放課後、陸上部の練習を教室の窓から盗み見て、授業中、清々しく刈られたくせのない髪に触れたいと願い、静かに笑う声を心に留め、黒板を見つめる横顔を目に焼きつける。恋とも言えないような淡い感情だった。

「いいの？」

「何が？　だって告白したって、付き合えるかどうかもわからないのに」

真顔で言うと「おーい、ちょっと」と、鬱屈した気持ちを吐き出すように、美緒が野太い声を上げ、笑い合う。

クラスは違うが、美緒と斉藤はもともと仲が良いから、案外すんなりいくかもしれない。二人がまとまったとしても、美緒とは友だちでいよう。そう決めていたから言えたのに、その後の言葉で決意は完全に打ち砕かれた。

「ごめんね、清香。詩を読んでてさ、わかっちゃったんだ。斉藤のこと書いてるんだなって。これまであいつのこと、そんな目で見たことなかったんだけど。詩を読んでるうちにあたし、結構本気になってきてしまって」

これまで見えていなかった斉藤の一面に気づいて、とまるで自分が彼の魅力を発見したかのように言いながら、頬を染める美緒の姿に愕然とした。

冗談じゃない。その感情はわたしのものなのに。どんな想いで言葉を紡いでいるのか知らないから、簡単に他人の感情を盗むことができるのだ。

震えるほどの怒りにも気づかずに、美緒は「ありがとう」と手を取ってきた。

しばらくすると、二人は付き合い始め、清香はこれまで詩を書き溜めてきたノートを、すべて処分した。

こんな気持ちになるのなら、もう二度と詩なんて書くものか。そのときはそう思っていた。苦い思いを忘れるために、詩から離れたかったのだ。

何一つ言葉が思い浮かばなくなって、本当に書けなくなってしまったことに気づいたのは、夏休みに入ってからだった。やめる、と決めた瞬間に、なけなしの文才まで手放していたのだ。

書けない理由を必死に考えた。美緒を許せないという気持ちが、言葉を奪ってしまったのかもしれないとも思った。

詩を誰かに見せることは自分を傷つけることになるのだと刷り込まれて、拒絶反応が起きているのだろうか。本当に斉藤のことが好きだったのだろうか。恋の詩を書くための、題材だったのではないか。様々なことに疑問を持ち始めると、自分の生み出すもの、何もかもが信じられなくなってしまった。

清香は焦りを感じて、読書用のＳＮＳアカウントを作った。なんとか言葉を取り戻したいと思ったときに、他人の文章に触れて、レビューを書くことを思いついたのだ。

同じ時期にＳＮＳを始めたアカウントをまとめてフォローした。フォローを返してくれた中の一人に、啓一がいた。

「主に小説を読みます、よろしくお願いします」

こちらは挨拶すらしなかったのに、生真面目なコメントが送られてきた。ＳＮＳに不慣れな人なのだなと思ったのが、第一印象だ。定期的に上がるレビューを見て、随分細かいところまで読み込むのだなと感心した。二ヶ月経ち、啓一のフォロワー数が自分の十倍以上になっていることに気がついた。

清香は彼と同じ本を読んでみた。

なぜだかわからないが、自分と正反対の感想を書いていても、そんな読み方はあり得ない、というふうにはならない。嫌な気持ちがしないのだ。啓一はどんな感情も否定しない。だから彼の書くレビューを読んでいると、自分の心も守られているような感覚になる。

啓一と初めて会った日も〈フレール〉で話した日と同じように突然の雨に降られた。一年前、あれは運命のような偶然だった。

突然空が鳴り、ぽつぽつと雨が降り始めた。

清香は片手で前髪を押さえながら、かごのゆがんだ自転車を引きずっていた。

どうしてこんなに悪いことばかりが重なるのか。段差で転倒して愛車を傷つけた上にこの雨だ。

絶望しながら、雨宿りをしに入ったのが〈フレール〉だった。店に入ったとたんに雨が本降りになったが、書店ならばいくらでも時間を潰せると、ほっとした。

ここにシェア型書店ができたのは知っていたが、入るのは初めてだった。

その日の店番は、百八十センチ近くある長身の男性で、派手ではないが目を惹く人だった。くせのない黒髪。白のカットソーに黒のパンツ、上からベージュのシャツを羽織っただけの、飾り気のない服装。目が合って会釈をしても笑顔は見せないが、壁を作ってもいない。話をするのが苦手な人という感じでもなかった。独特な雰囲気で、例えるための言葉が思い浮かばない。

自分の他に誰もいない書店で本を眺めながら、背中で彼を意識した。

店番をしているということは、彼も棚主なのだろうか。どんな本を読むのだろう。

「あの、どの棚の方ですか」

訊ねると傍にきて、ここです、と〈トリプルセック〉と書かれた棚を指す。

最近自分の読んだ本ばかりが並べてある。こんなことがあるのかと驚きながら、まだ読んだことのない一冊を取って、レジに持っていく。

まともに顔を見ることができなくて、カウンターに置かれた手をただ見つめた。几帳面な人なのか、爪の先の白い部分が見えないくらい短く切り整えられていて、手入れもしていない、自分の手を隠したくなった。

「最後のページに感想を挟んでいるので、よかったら読了後に読んでみてください」

その後彼は振り返り「これを」と、紺色の折り畳み傘を渡してきた。

「返さなくていいです。持っていても使ったこともないので」

受け取ると、本当に開いた形跡すらない新品だ。ありがたく借りて帰ることにした。

家に着くと早速、買った本を開いた。最後のページには、便箋が一枚挟まっていた。その感想を読んだ瞬間、清香は息が止まりそうになった。初めて読む文章のはずなのに、誰が書いたのかわかる。

SNSを開いて啓一の読書歴を改めて辿る。あの棚に置いてあったのはすべて、啓一が読んだのと同じ本だった。

清香はすぐさま、〈トリプルセック〉の意味を調べた。

コアントローというオレンジのリキュールが由来のようだ。フランス語で「三倍辛い」にあたる言葉だと書いてある。実際には、甘みが強い一般的なホワイトキュラソーに対しての比喩表現であり、辛いというわけではないらしい。

　清香は閉店間際の酒屋に滑り込み、コアントローを一本買った。家に帰ってボトルの口を切った。もぎたての柑橘のような香りに酔いしれながら、マグカップに注いで一口飲んでみた。とたんに喉が熱くなった。食道から胃袋まで、熱の塊が痛みに変わりながら、一直線に落ちていくのがわかった。恐ろしくなって水を飲みに行こうとしたが、身体の異変を感じて、その場に留まった。うまく呼吸ができない。頭がくらくらして、立ち上がることもできなかった。

　どうしよう、もうだめかもしれない。命の危機を感じたとき、七年ぶりに言の葉が降りそそぎ、人生でやり残していることがはっきりと見えた。

　清香はテーブルの上にあったメモ帳に、嵐のように言葉を書き連ねていたのだった。


「最近忙しいですか、お仕事」

　知らず識《し》らずにこぼした吐息に反応して、聡子が訊いてきた。

　清香は唇を開きながらも、言葉を発せずにいた。数秒遅れて、訊かれた内容を理解する。

「あ、全然。どちらかというと今は暇なくらいで」

　記憶を再び引き出しにしまおうとしている間にも「忙しいのは年明け過ぎてからでしたっけ」と訊ねられ、曖昧な返事をする。

職安から紹介された、会計事務所の事務の仕事は、つい先週辞めてしまった。苦手な人がいたわけではなかった。そこにいない人の悪口を言わないし、人生の説教をされたこともない。三時になるとおやつも出てくる。こんなに良い職場はなかなかないと思うのに、息が詰まりそうになる。

天気やスーパーの特売情報、テレビドラマの話にも興味が持てなくて、そうですねと笑っているだけの時間を、これから何十年も続けるのは、自分の人生ではないと思ってしまったのだ。

「春日井さんってお酒飲みますか」

話題を変えると「うーん、飲めなくはないけど、あんまり飲まないですねえ」と言う。そして、何を話したいのか察したように、そういえば啓一さんのアイコンはカクテルでしたよね、と微笑みを投げかけてきた。

「あのオレンジ色のお酒、春日井さんは知ってるのかなあと思って。わたしは会社の飲み会で、時々居酒屋に連れて行かれるだけで、バーには行ったことないんです。なんていうお酒なんだろうって」

「カクテルって、ものすごくいっぱい種類あるみたいですよ。本に載っているのはごく一部で、星の数ほどあるって聞いたことがあります。どこかのバーに行って、写真を見せてみるとか？」

「そんなに種類があるなら、わからないかも」

「でもカクテルを中心に出しているバーだと、三百から五百種類のレシピが、バーテンダーさんの頭に入ってるみたいですよ」

「そっか、じゃあ訊いてみればわかるかもしれないですよね」

一人でバーに行くよりも、啓一に訊いた方が早そうだが、教えてもいないのに、なぜSNSのアカウントを知っているのか、ということになるだろう。〈フレール〉で初めて彼を知ったのではなく、SNSから追いかけてきたことがばれてしまう。

「とりあえず調べてみます。春日井さんはどうしてお酒飲まないんですか？　理性を失いたくないとか？」

タオルで清香の髪を拭きながら、聡子は笑った。

「まさか、そんなに格好良い理由じゃないですよ。わたし、飲むとすぐに眠くなっちゃうから、コーヒーとか紅茶の方が好きなんです。安らぎたいのかも」

彼女のように感情のむらがない人でも、安らぎたいと思うことがあるのか。それが不思議だった。

そしてなぜか、二宮さんはやっぱりすごいですね、と言う。

清香には自分の何がすごいのかわからなかった。もし理性を失いたくない、ということに関して言っているのなら、間違っている。仕事も暮らしも放り投げ、失ったものを取り戻そうとして、朝から晩まで書き続けている時点で、もうとっくに理性なんて失っているからだ。

鏡の前に戻ると、清香の髪の毛はあのカクテルの写真のような、鮮やかなオレンジ色になっていた。

ドライヤーで乾かすと、髪はさらに明るく見えた。手入れを怠っていた、眉の黒さが浮いている。

聡子は顎に手を当てたまま、鏡越しにじっと清香を見つめていた。

「これからピンクベージュにするじゃないですか。でも、今ちょっと思ったんですけれど、もう少し深みのあるオレンジを重ねても、かわいいかもしれません。慣れるまでは鏡を見ると驚いてしまうかもしれないけど」

「そうします。オレンジがいいです」

すでに、頭の中に啓一のアイコンがあったから、迷いはなかった。

聡子がアシスタントの女性に再び指示をする。新しいカラー剤が用意され、二回目のカラーが始まった。

「二宮さん、聞いてもらえますか」

なぜか聡子の口元に笑みが浮かんでいる。

「わたし今〈フレール〉にお気に入りの棚主さんがいるんですよ」

「えっ」

「美容室もタブレットになってしまって、本当にずっと何も読んでいなかったんですけれど、最近、紙の本ってやっぱりいいなって」

初めて〈フレール〉を訪れた日に偶然手に取った写真集に感動して、一つの棚を目当てに通うようになったという。

「この人が読んだ本、ってわかっていて手に取るのって、普通の本屋さんとか、古本屋さんで買うのとは、何かちょっと違うというか。棚を見ながら、棚主さんは、この本のどんなところが好きだったんだろうな、って想像するのも楽しいですよね。誰かの家の本棚を覗き見している気分になるんです。本を読むときって、そこには作者と自分だけしかいないと思ってました。だけどそこにもう一人、他の読者の存在を感じるなんて不思議で」

「すごく、すっごくわかります」

清香は力強く頷いた。

「なんていう棚ですか」

「〈ハンモックの猫〉っていう棚なんです」

「へえ、知らないかも」

実はどの棚の名前を言われてもよくわからない。棚主になる前から〈フレール〉には何度も足を運んでいるのだが、啓一の棚しかまともに見ていなかった。

「読書カウンターに置いてあるノートに買った本の感想を書くと、棚主さんから返事がくることがあるって、教えてもらったんですけれど。最近はノートでのやりとりを楽しんでいます。白根さんっていう、猫ちゃんが大好きな、大学生の男の子なんです」

聡子の方が、自分よりもシェア型書店の楽しみ方を知っている。この間初めて店番をしたときは猫がいた上に、前触れもなく憧れの人が現れてノートどころではなかった。

「それで今度、白根さんがお店番の日に、遊びに行くことになりました」

「へえぇ」

知らずに声が大きくなる。

白根という大学生は月に一度店番をしているらしい。またいつか会えたらお話したいですね、とノートに書いたら、聡子の休みの日に合わせて店番すると言ってくれたようだ。

「次に会ったらじっくり話せるかなあ」と嬉しそうにしているが、そこまでするということは、相手は聡子に好意を抱いているのではないだろうか。

同性ですら、見とれてしまうような人だ。凪いだ海のように穏やかで、笑顔がよく似合い、誰にでも心を開いて話をしてくれるのに、仕事を終えた後、何をしているのか想像がつかないミステリアスなところがあって、とにかく気になる。

「色んな出会いがあって、面白いですよね」

聡子は薬剤の塗布を終えると、また少し時間を置きますね、と一度バックルームに下がった。予約が重なっているらしい。離れた席で、誰かと話す明るい声がする。

もし棚主ノートに、読んだ本の感想を書いたら、啓一は必ず返事をくれるだろう。そんなやりとりをしてみたいと夢見つつも、勇気が出ない。

タイマーが鳴ると聡子が飛んできて、髪を洗ってくれた。ドライヤーでもう一度髪を乾かして、一気に仕上げていく。

「二宮さん、かわいくなっちゃいました」

二面式の鏡を広げて、短くなった髪全体を見せてくれた。

光に透ける深みのあるオレンジ。華やかになった髪を見て、気分が軽くなる。聡子はメイクボックスを持ってきて、髪色に合わせた色で眉を描き、アイラインを引いてくれた。

前髪を広く取って、顔をすっきり出したから、俯いても視界が遮《さえぎ》られることはない。

我ながら別人だ。

清香はこの新しい自分を、誰かに見せたくて仕方なくなった。

聡子から手を振って見送られ、清香はその足で〈フレール〉に向かう。

店に入る前に、窓から中を覗くと、レジカウンターに悠がいた。

はっとして入口に目を向けた。猫に関する注意書きの張り紙があって、清香は身震いした。

子どもの頃、部屋の窓を開けた瞬間に猫が飛び込んできたことがあった。驚く間もなく噛みつかれ、手が腫れ上がった。高熱と痛みで何日も動けなかった記憶が頭から離れない。やっぱり今日はやめよう。引き返そうとしたときに、悠と目が合った。ドアに向かって歩いてきて、逃げるわけにもいかなくなった。

「こんにちは、よかったらどうぞ」

笑顔で他人行儀な挨拶をされ、清香は首を傾げる。悠も不思議そうにしている。

「あの。〈小夜曲〉の二宮です」

「うわー、一瞬誰かと思った。でも、どこかで見たことあるなって」

驚きはすぐに笑顔に変わり、いいね、すごくいいよ、と清香の新しい髪型を褒めちぎった。

普段ならそんなことないとすぐに否定したくなるのだが、自分でもこの髪型を気に入っているからか、自然に頬が緩んでしまう。

店内に入り、まず猫の居場所を確認しようとするが、見当たらない。視界に映らないときの方が恐ろしい。どこから攻撃されるか、わからないからだ。

「そういえばこの間ね、SNSで紹介されたレビューを見て、本を買いにきました、ってお客さんがいたよ。よかったね、せっかく作ったんだから、たくさん読んでもらわないと」

なんと言ったら良いのかわからずに、頭を下げる。

「もし他の棚主さんと会ったら、自分の本を紹介してみなよ。二宮さんみたいに本を作ってみたい人もいるし、欲しい人結構いるんじゃないかな。色々話してみるといいよ」

「実はこの間、初めて店番したときに棚主の梶原さんが来て、わたしの本を買ってくれました。お話もできました」

あれは話したうちに入るのだろうか。言いながらも疑問に思い、清香は首を傾げた。

「そうなんだ。それで啓一はああいう感じだったんだ」

最近本の紹介だけで、ＳＮＳじゃ感想も書いてなかったから、なんでかなあって思ってたんだよね、と言いながら、悠は納得したように頷いている。

「二宮さんの棚、もう空になってるよ。製本も大変だと思うけど、また持ってきてね」

「あ、今日一冊持ってきたんです」

鞄の中から本を出す。自分の棚の前にしゃがみ込んだとき、毛の生えた細長いものが見えて、清香は思わず悲鳴を上げた。本を落としたまま、悠に駆け寄り、腕を掴んだ。

「います」

「ああ、ごめん。あんまり得意じゃなかったんだよね」

すみ、と名前を呼ぶと、棚の中から猫が顔を出す。辺りを見回し、そろりと出てきた。鈴を鳴らしながら悠のもとに向かっていく。清香は慌てて距離をとった。

「二宮さん、棚にその本、いっぱい置いて？　空いてるとそこ、入っちゃうんだよね」

これまではどこかに、他人に読ませるのが怖いという気持ちもあって、たくさん置かないようにしていたが、そうも言っていられない状況のようだ。

店の外から声がする。グレーのブレザーに身を包んだ、男女の五人組が見えた。全員が黒髪だ。学校で制服を着崩すなと言われているのか、女子のスカート丈は膝下だが、一人だけ、校則破りで短く折って穿いている子が交じっている。

店内に入ってきて、成り行きで悠と一緒に挨拶をした。部活で他校を訪れたときのような、威勢の良い返事がきて、一気に店が賑やかになった。

見知らぬ人と口を利くなと育てられる都会の子には、なかなかこういう反応ができない。悠は入店してきた学生たちの方に歩いていく。

高校の修学旅行で岡山から来たようだ。観光案内の看板を見つけて、入ってきたのだろうか。東京のどの辺を巡ったのかという話をして、すぐに打ち解けている。

清香はそのやりとりを遠目で眺めていた。悠のコミュニケーション能力の高さには感心するが、何を訊かれてもはっきりと受け答えしている高校生たちもすごい。

自分が高校生の頃は、店員から話しかけられても、目を逸らしていたというのに。修学旅行のグループ行動も、どこに行ったのかもほとんど記憶にない。友人と言える存在がいたのだって、中学時代が最後だ。

「こちらの方は作家さんなんだよ。〈小夜曲〉の棚主の小夜香さん。今日はちょうど本を持って来てくれたところで」

いつの間に悠は、シェア型書店の説明をしていた。話を振られて、清香は一歩退いた。作家という言葉に興味を持ったのか、高校生たちの好奇の眼差しが向けられる。初めは染めたばかりのオレンジ色の髪、それから胸元に抱えた本へと移っていく。

ただ書いているだけで、作家なんていう大層なものじゃない。弁解しようとすると、

「あたし、その本知ってる」

ロングヘアの、勝ち気な瞳の女子が声を上げた。スカートが短い、一人だけ雰囲気の違う子だ。「作家さん自身が手製で作ったんですよね」と具体的に言い、悠を驚かせている。

「啓一さんがレビュー書いてましたよね。買った本をただ紹介するだけじゃなくて、ああいう感想書くの、すごく久しぶりだって思ってたから、覚えてる」

清香は動揺した。SNSで大勢のフォロワーを抱えているということは、現実にも彼のファンがいるということなのに、それを忘れていた。

「あれ、もしかして啓一がここで棚を借りてるの、知ってて来た？」

悠が訊くと、そうですー、と彼女は手を挙げた。

「ずっと前から好きなんです、啓一さん」

無邪気な笑顔を見せている。

中学校の朝の読書で読む本に悩んだときに啓一のSNSに出会い、それからはいつも、

彼が紹介した本から選んで読んでいたという。

あるときから、以前のような丁寧な感想が読めなくなったのを残念に思っていたが、SNSで誰かが『シェア型書店〈フレール〉で買った本に挟まってたもの』と、手書きの感想の画像をアップした。書き手の情報はなかったが、すぐに啓一だと確信したそうだ。彼女もレビューの内容だけで、気づいたのだ。

「だから、修学旅行では、絶対にここに来るって決めていて」

自由行動で回れる場所は限られている。グループ内で一人一箇所希望を出す中、彼女は〈フレール〉を選んだ。せっかく東京に来たのに、都庁の観光や新宿御苑の紅葉よりも書店を選ぶとは、凄まじい情熱だ。

「あー、あった。ここだ」

彼女は啓一の棚を見つけると、歓喜の声を上げた。早速本を抜き出してぱらぱらと捲っている。手書きの感想を見つけると、やっと出会えた、と本を抱きしめた。どうしてもこれが欲しかった、と友人に言ってはしゃいでいた。

東京にはしばらく来られないから、と、啓一の棚にあった本を根こそぎ持ち出して、レジカウンターに運んでいる。ほとんどがハードカバーだというのに、値段すら見ていない。

男子から「お前の小遣い全部本じゃん」とからかわれて「うるさい」と一蹴し「足らんかったら貸してね」と女子にお願いしている。会計時には、記念に手書きの売上カードも欲しいと騒ぎ、悠が対応していた。

本を買うために用意した軍資金が三百円余るとわかると、早足で本棚の前を行き来し、ちょうど三百円で売られていた、料理レシピ本を持って戻ってきた。

背負っていたリュックサックから頑丈そうな紙袋と緩衝材を取り出して、本に巻きつけ始める。もともと、ここに来たら啓一の棚の本全部を買うと決めていたのだろう。準備も万端だった。

「今日の店番、俺じゃなくて啓一だったら良かったね。電話して今からこっち来られるか訊いてみようか。岡山から来てくれた子がいるって言って」

悠が提案すると、本当ですか、と彼女は喜びの声を上げた。だが、周りの友人たちはさすがに、他のところ行けなくなる、と時間を気にしている。

呼び出せばすぐに来られる距離にいる、ということだろうか。秘かに期待する清香の横で、高校生たちは今後の予定を確認しながら、話し合いをしている。さすがにこれ以上の時間はとれないと判断したようだった。

「はー、もう東京住みたいわ。あたし大学、大阪じゃなくてこっち来たい」

本を入れた紙袋を抱きしめている。

「もし東京来るなら、ここで棚主になりなよ。啓一ともいつでも話せるし」

悠は高校生一人ひとりに名刺を配り始めた。東京に来るときは、観光でも泊まる場所でも、色々紹介できるから声をかけてね、と言うと、退屈そうにしていた男子たちの表情も明るくなる。

「啓一さんってどんな人ですか」

「どんな？　うーん、どんなだろ。付き合いが長すぎるからな」

歳は？　性別は男ですよね、と質問攻めをしている。特別に、と悠が彼女にスマホを見せると「やばい」と大声を上げ、それでもまだ驚き足りないのか、悲鳴に近い声を出す。

「うち、絶対に東京の大学に入る」と意気込むと、他の高校生たちも、悠のスマホを覗きにいった。

これは、絶対に瑞己《みずき》じゃ相手にされない、などと男子たちにからかわれている。

「あの」

清香は瑞己と呼ばれた高校生のところへ行き、今日持って来たばかりの本を差し出した。

「よかったらこれも読んで。あげる」

手書きの感想は挟まっていないが、この本も啓一が読んだものの一部だし、他で買うことはできない。それなりの価値はあるはずだ。

「え、いいんですか」

瑞己はぱっと顔を輝かせた。

これまで、誰かに読まれるのが怖いと思っていた。それなのに、自分がこんなに大胆な行動をしていることが、信じられなかった。読んだら喜ぶような感想を啓一が書いてくれているると、聞いたからだろうか。

彼女があの名前のない本をどう読むのかわからない。ただ、自分の本が岡山まで旅をするというのが、面白いと思った。本はボトルメールみたいだ。誰かの手を伝って、知らない場所まで流れ着く。

高校生たちは「ありがとうございました」と頭を下げて、店を出て行った。

ガラス張りの窓から、はしゃぐ瑞己たちの姿が見えた。手を振って見送ると「お疲れさま」と悠から労われ、肩の力が抜けていった。

「エネルギーがすごかったですね。高校生、若い」

清香が呟くと、悠は笑った。

「俺も気分はずっと高校生のつもりなんだけどなあ、あの子たちを見て若いなあと思うってことは、まあそういうことだよね。二十代ももうすぐ終わるし。若さって本当に、振り返ったときにしか、わからないもんなんだね」

しみじみと言い、人生が早送りになってきた気がする、と腕を伸ばす。

「焦るなあ。あれもこれもやりたかったたって思いながら、生涯の幕を閉じそうで」

「なんですかそれ」

「考えない？」

こちらは今だけで手一杯で、明日さえもどうなっているのか想像がつかないのに、彼はこの先自分が何者になれるのかを考えたりするらしい。

若くして起業し、傍目には成功者にしか見えないというのに、まだ何かを望んでいるということに驚いてしまう。そして文章を書くこと以外、自分が何も考えていないのだと気づき、少しは将来に危機感を持った方が良いのだろうかと、清香は首を傾げる。

「しかし、啓一のモテ具合はすごいな。俺に分けてほしい」

「そんなにモテるんですか」

「モテるねえ。でもあいつ女の子より、男から好かれるんだよ。なんだかんだで、優しいからね」

中学校の頃の同級生なのだと教えてくれた。昔からずっと、あんな感じだと聞いて、もし啓一が中学の頃、同じクラスにいたらと想像した。教室で本を読んでいたら、話しかけていただろうか。それともただ遠くから眺めていただけだろうか。

「啓一さんってこの近くでお仕事してるんですか」

プライベートに首を突っ込むのは良くないが、好奇心には勝てず、歯止めが利かないまま質問していた。

「俺ね、バーの経営もしててさ、店を啓一に任せてるんだよね」

「え、どこですか」

「ここから歩いて行けるとこ。〈十三月の庭〉っていう名前の店なんだけど。そっちにも本を置いてるよ。選書は啓一がやってるから、よかったら今度行ってみて」

啓一はもともと、新宿にあるシティホテルのメインバーでバーテンダーやってたんだよ、と、ショップカードを一枚くれた。

花園神社の裏手、新宿ゴールデン街という場所にあるらしい。名前くらいは知っているが、行ったことはない。そもそも一緒に行く相手もいない。

でも、もし会えるのなら今日がいい。聡子が髪のセットもメイクもしてくれた。少なくとも、普段よりはきちんとして見えるはずだった。

前回啓一が店に来たときには、ほとんど寝起きの状態で家を出てしまい、あまりにも酷い格好をしていた。早く記憶を上書きしなければ。

「今日はお店やってるんですか」

「やってるよ。店は八時からだけど、夕方くらいからいるんじゃないかなあ。わりと早い時間から料理の仕込みしたり、本読んだりしてるから。もし今日行くなら言っておこうか。〈小夜曲〉の二宮さんが感想直接聞きに行くって」

「これ以上はもう、大丈夫です」

聡子が時間をかけて感想を読んでいたことを思えば、もう十分に書いてもらっているはずだった。それに、反応に困る。

「夜まで待たなくても、多分入れると思うよ。常連とか知り合いが来るときは、早く開けたりもしてるみたいだから」

鈴の音がして、レジカウンターの中から悠の飼い猫、すみが出てきた。

「お客さん一人、二人くらいなら大丈夫になってきたけど、大人数だとやっぱ隠れるか。怖がりなんだよな」

「怖がり、猫が？」

「人間と一緒で、猫もそれぞれ性格が違うよ？」

片手でひょいと抱き上げて、触ってみる？　と訊いてきた。

手を伸ばすと、猫は悠の胸に体を押しつけて、必死に清香から逃れようとする。恐ろしいと感じるものからは、かえって目を離せないのか、顔を背けながらも、清香の手を凝視している。それがついこの間の自分と同じだと気づき、清香は笑ってしまった。攻撃してくるどころか、猫はずっと縮こまっている。

なんだ、大人しいじゃないか。

触れた瞬間に温もりを感じる。人間よりもずっと体温が高いのだろう。

「棚に猫が入るのはいやなので、やっぱり人に慣れてもらうしかないですね。看板猫だし、ちゃんと窓際の、外から見えるところに居ついてくれないと。わたしもこの猫が棚の外で生きられるように、協力します」

　すると今度は悠が笑った。腕の力が緩んだ隙に、猫はするりと床に降りた。いつもなら店の奥の〈小夜曲〉の棚に向かって駆けていくのだが、話が聞こえていたのか、入口に向かった。読書カウンターの上で寝そべって、次の客が訪れるのを待っている。

「もし行ったらでいいんだけど、啓一にさ、棚が空になったから、またなんか持ってきて、って伝えておいて。あと、岡山から高校生の女の子が来てくれたこととか。写真見せたことは言わなくていいからね、あいつ絶対怒るから」

「写真、わたしも見たいんですけれど」

　悠は内緒で、とスマホを出して啓一の写真を見せてくれた。

　二年前に撮ったという、ホテルでバーテンダーをしていた頃のものだ。シェイカーを構えている。白いシャツと黒のスーツ、髪を上げて額を出すと別人だ。真剣な横顔に見入っていると、いつの間にか時が経っていたようで、おーい、と悠の声が頭の中に割り込んできた。

「もし一人だと話しにくかったら、混んでる日に店に行くのも面白いかも。色んなカクテル作るの見られるからさ」

「行きます、これから」

　役目をもらってしまったのだから、行くしかない。そう思わせるために、言ってくれたのかもしれなかった。気を遣われるほど、啓一への関心が透けてしまっていたのかと思うと、失敗した、と落ち込むのだがもう手遅れだ。

〈フレール〉を出て、新宿方面に向かって歩き出した。靖国《やすくに》通りから、夜の街の入り口にある神様の居場所、花園神社に、吸い寄せられるように入った。

黄葉したイチョウが並ぶ参道の両脇に、屋台がいくつも出ている。奥の方には夥《おびただ》しい数の提灯が並んでいるのが見えた。そういえばちょうど今は酉の市の時期だ。

花園神社の酉の市は関東の三大酉の市の一つで、規模の大きい二の酉では、西武《せいぶ》新宿駅の近くから神社まで、大通り沿いの歩道に屋台が並び、歩けないほどの混雑になるのだ。

明後日からは三の酉だ。どこも前夜祭のための準備をしているようだった。英語のメニューや、土産物を並べている屋台もあった。外国人観光客たちは、これから何が始まるのかと、物珍しげにその様子を眺めている。

「酉の市、かあ」

落ち葉を踏みしめながら、清香は参道を奥へと進む。昔は毎年愉しみにしていたのに、その存在すら忘れていた。

中学の頃は、いつも美緒と一緒に来ていた。全部の屋台を吟味してから食べるものを決めるんだと美緒が言い、人酔いした清香を端から端まで引きずって歩いた。もう疲れたから帰りたいと言うと、いい詩が生まれるかもなんて、調子の良いことを言う。結局はいつも遅くまで付き合わされていた。

記憶は風に吹かれて、傷痕も少しずつ消えていく。塗り替えて、前に進むのだ。

境内の隅にひっそりと佇む稲荷神社へと連なる鳥居をくぐった。縁結びで有名な場所だ。コアントローの甘やかな香りの罠に嵌まって、もう死ぬかもしれないと思ったとき、書くこと以外何も考えられず、散り散りになっていた言葉をひたすらに手繰り寄せた。

もう一度書けるようになるまでの七年間の苦しみも、自分にとって必要な時間だったのだと思えるようになりたい。

本坪鈴を鳴らして、手を合わせた。参拝を終えるとゴールデン街へと抜けられる、石段の手前で足を止めた。行く前にまだ、やることがある。

清香は振り返った。

「神様」

何が起きても心臓が止まらぬよう、片手を胸に当てた。それからスマホを取り出して、ずっと読むことのできなかったレビューをゆっくりと目で追った。一度読み終えたら初めに戻ってもう一回、そう思ったが、画面の文字は滲んでいる。

「だめだ、せっかくのメイクが落ちちゃう」

清香は目元を押さえて石段の脇に座り込んだ。

判然としない焦りや、感情の揺れを、ただ書き綴っただけだったのに、啓一はそれをはっきりと恋心、と書いていた。

感情が丁寧に掬い上げられて、ああそうなのかと腹に落ちていく。これまでにない感覚だった。自分のすぐ傍に、たった一人だけでも、わかろうとしてくれる人がいるということが、これほどの勇気をくれるとは思いもしなかった。

大丈夫だ、この言葉を支えにすれば、わたしはこれからも書いていける。

不思議と生きる勇気が湧いてくる。

きちんとレビューの礼を言おう。それから、一年前から借りっぱなしになっている折り畳み傘を返して、本当はずっとあなたに憧れて、レビューを追いかけていましたと打ち明けよう。彼はあの本が誰を思って書いたものか、気づくだろうか。それを知りたい。

第五話

ケの日、ハレの日

部屋の外から騒がしい声がする。どうやら孫娘の瑞己が、東京の修学旅行から帰ってきたようだ。

石井恵美子《いしいえみこ》は終盤に差しかかっていたサスペンスドラマに後ろ髪を引かれながら、ソファから立ち上がった。五日ぶりに帰ってきたのだから、顔くらいは見ておこうと、膝かけに使っていたグレーのストールを肩に巻きつけて自室を出た。

手摺りを握り、慎重に階段を下りていく。ふとした拍子に怪我をする、同世代の友人たちを見ていて、自分は年寄りだと言い聞かせなくてはならないと思うようになった。

来月には七十歳を迎える。気持ちが急《せ》くときでも、頭で考えてから身体が動くまで、ほんの少しの時間差があるから、下りは特に気をつけなくてはならない。

リビングに続くドアを開けたとたん、瑞己と娘の真由美《まゆみ》が、立ったまま睨み合っているのが見えた。

「うちは東京の大学に行くって、もう決めたんよ」

制服姿の瑞己の、甲高い声が鼓膜を貫いた。はしたないからやめなさいと、毎日叱られているにも拘わらず、またウエストでスカートを折って短くしている。

「ええ加減にしなさいよ、そんなに行きたかったら大学を卒業してから、東京の会社に就職したらええでしょう」

負けじと声を張り上げているのは真由美だ。今日は瑞己が東京から帰ってくるからと、仕事を早く切り上げて、楽しみに待っていたはずなのに、何が起きたのか。

「就職で東京行くんなら、大学で東京行ったって同じじゃが」

「本ばっかし読まんで、とりあえず大学に行けるだけの成績を取りなさい。推薦は最終学年だけじゃなくて、それまでの成績だって関係あるんでしょう」

「うるさいなあ」

瑞己は口を尖らせてそっぽ向く。

恵美子が狼狽《うろた》えながらやりとりを見ていると、真由美が眉間に皺を寄せたまま、救いを求めてきた。

「ねえ聞いてよ、お母さん。瑞己、東京のお土産なんも買わんで、あげたお小遣い全部本買うのに使ったんだって。信じられないでしょ、本なんてどこでも買えるのに」

「どこでも買えんから。これは特別なんよ」

瑞己はリビングのドアを力任せに開け放った。玄関に置いてあったキャリーバッグを持って、二階への階段を上がっていく。自室に立てこもる気なのだ。

真由美はため息を吐き、ダイニングテーブルに用意してあった紅茶のセットを片づけている。本当は、ゆっくり修学旅行の話でも聞こうと思っていたのだろう。

恵美子は真由美の隣に並んだ。

「ねえ真由美。お金はあげたもんなんじゃから、別に何を買《こ》うてもええんじゃない？　瑞己ね、修学旅行に行く前、東京に行きたい本屋さんがある言うて、嬉しそうに話しとったよ」

「東京に行って本を買うのはええんよ。でもあたし言ったのよ。おばあちゃんからたくさんお小遣いもらったんだから、必ずお礼にお土産を買ってきなさいって。それなのに、どうしても本が欲しかったからって、一つも買って来《こ》なかったのよ」

「お土産なんかええんよ、瑞己が楽しかったらそれでもう」

首を振って、真由美が恵美子の言葉を遮った。

「あの子がいつも、自分のことしか考えとらんのが気になるんよ。たった一冊我慢すればええだけなのに。帰りは荷物が満杯になって、友だちのキャリーバッグに入れてもらったんだって。なんでこう、高校二年生にもなって向こう見ずなんか」

大学は、東京どころか大阪にも行かせられない、と愚痴をこぼしている。

微笑ましい話ではないか。それを頼める仲の良い友だちがいることも、財産だと恵美子は思う。けれども真由美に対して、口にしてはいけないことだ。否定をしてしまったら、子育てに自信をなくしてしまう。

「お母さん、なんか飲む?」

「自分でやるよ、あんたも仕事で疲れとるんじゃから」

「大丈夫。いっつも家のことお願いしっぱなしなんだから。お茶くらいあたしが淹れんと、この家に居場所がなくなるわ」

新しい紅茶でも開けてみようか、と真由美は流しの上の戸棚を開けて、ダージリンブレンドの缶を取り出す。

真由美と瑞己は、ここ数年喧嘩ばかりしている。修学旅行で距離を取れば、関係が好転するきっかけになるかもしれないと思ったが、五日では足りなかったみたいだ。

恵美子はキッチンで立ち働く、娘の後ろ姿を見つめた。

肩よりも短い髪は、一つに束ねられている。髪の長さは昔からほとんど変わらず、中学、高校と、家事の手伝いをしてくれていた頃の記憶と重なるが、細い髪には白髪の束が交じり始めている。先月の誕生日で、四十七歳になった。

真由美はチルド食品の製造卸売りをする、食品メーカーに勤めている。春の昇進で商品開発課長になり、帰宅が以前よりも遅くなった。

更年期で身体が変わって疲れやすくなる年頃だからと、家のことはできるだけ恵美子が受け持つようにしていた。そうしないと、あれもこれも完璧にこなそうと、必要以上に無理をする。

六年前、真由美は離婚をして、小学生の瑞己を連れて、実家に戻ってきた。一人で仕事をしながら子育てをするのは大変だろうと思い、自分も手伝うつもりで、県外で暮らしていた二人を呼び寄せたのだ。

その当時、恵美子は長い間闘病していた夫を亡くしたばかりだったから、子どもと孫が傍にいてくれることに救われていた。感謝の気持ちを何度も伝えたが、それはそれだと受け流される。

真由美はティーカップに紅茶を注ぐと、恵美子の向かいに座ったが、瑞己のことを考えているのか、どこかうわの空だった。

「仕事はどうなん？　帰ってきてからも勉強せにゃあいけんのでしょう。前よりも大変になったんとちがうん」

「仕事に必要なら、勉強するのは当たり前よ。新商品のアイデアをひねり出すためには、刺激も知識も必要だし。ちゃんと自分で情報を拾っていかないと、何が新しいのかさえ、わからんからね」

真由美はテーブルに両肘をつき、額に手を当てる。

「今日は早く帰ってきたから、まだ仕事残ってるわ」

「ねえ真由美。少し仕事に慣れてきたら、気晴らしに三人で旅行しようや。ほら、瑞己の高校の合格祝いで行った、湯原《ゆばら》温泉もええんじゃない？　近《ちけ》えからのんびりできると思うわ」

「無理無理、瑞己はもうそんなとこ行かないって。高校生だもの、家族との旅行を楽しむような年齢じゃないよ」

「そう？」

昨年の春は楽しめたじゃないか。そう言うと、その頃の瑞己とはもう全然違う、と真由美は反論する。

「お母さん、旅行なら友だちと行ってきたら？　たまには家事もお休みした方がええよ。毎日だと疲れるでしょう」

そういうことではないのだが、言い返しても真由美を疲れさせるだけだと思い、「そうじゃな」と受け流した。

紅茶を飲み終えると味の感想もないままに器を片づけ、真由美はリビングの隣の自室に向かった。

恵美子は二階に上がり、瑞己の部屋を訪れた。扉をノックをすると「はーい」とけだるげな返事が聞こえてきた。

「おばあちゃんじゃけど、入ってもええ？」

「どうぞー」

ドアを開くと、硬いものにぶつかった。キャリーバッグが開きっぱなしでドアの開閉を妨げている。

身体の向きを変え、隙間から中に入った。ベッドにうつ伏せになっていた瑞己は、読んでいた本にしおりを挟んで枕元に置いた。

片づけもしないまま、読書に勤しんでいたようだ。洋服やヘアアイロンはキャリーバッグの中に入ったままだったが、本だけはすべて取り出されて、床に積み上げてあった。ハードカバーの本ばかり、十五冊もある。

「すごいねえ、ここにある本、全部東京から持ってきたんじゃろ」

「そうだよ」

相当な重さだったはずだ。

「家に送ってもらやあ良かったのに」

「だめだよ。送料払うならその分でもう一冊買った方がええし、自分の手で持って帰って来《こ》んと、うちの大事な本がどうなるかわからんが」

友人に預けた荷物は、本以外のものだという。そんなに本が好きならもう、何も言うことはない。

見てもええ？　と訊ねると身体を起こし、ええよ、と明るい声で言う。

恵美子は一番上にあった本を手に取った。

最近書店で見かけて気になっていた、島を舞台にした小説だ。親からの暴力に悩んで自殺した高校生の少女と、親友のために訴えを起こしたが、もみ消されて島を離れたもう一人の少女。彼女が二十年ぶりに故郷に帰ったとき、訳あって都会から逃亡してきた美しい青年と出会って、というドラマチックな書き出しから始まる物語だ。

「本が欲しいんなら、車で本屋さんに連れて行ってあげたのに」

家の近所に古くからあった書店は軒並み廃業してしまったが、車で岡山駅まで出れば、大型書店がある。時々連れて行ってはいたが、東京とは規模が違うのだろうか。

「この本知っとるよ。岡山でも売っとったのに」

「あのね、おばあちゃん、これはただの本じゃないんよ」

瑞己はちょっと貸して、と手を出した。恵美子から本を受け取ると、最後のページを開く。そこには便箋が挟まっていた。

「手紙？」

「本の感想だよ」

眼鏡が部屋にあって読めないが、端までびっしりと文字が書かれている。

「すごいね、こんなにぎょうさん。誰が書いたん？」

「うちの好きな人」

驚いて顔を上げると、瑞己は声を上げて笑い出した。

「前になあ、ＳＮＳで、本を買うときの参考にしとる人がおる言うたでしょ？　その人が書いた感想なんよ。東京の本屋で棚主やっとってね」

「棚主？」

わからないことばかりで申し訳なく思っていると、瑞己はこれらの本を買った〈フレール〉という書店の写真を見せてくれた。

　ガラス張りの、一見カフェにも見える洒落た店だ。真四角に区切られた棚が並んでいた。棚の一つひとつを違う人が借りていて、そこで小さな本屋を営んでいる人のことを棚主というのだと教えてくれた。

　瑞己の目当ては〈フレール〉の棚主の一人で、その人の棚に置いてあった本を全て購入してきたのだと言った。最後のページに挟んである手書きの感想が、どうしても欲しかったようだ。

「そしたらこれは、どこでも買える本じゃないわね。本を読んだ後って、あのシーンをどう思うたかとか、誰かと話がしとうなるもんね。面白いかもしれんね」

「でしょ？　ネットでも色んな人の感想読めるけど、顔合わせたときにしか言えんことってあるが。そういう感じがええんよ。うちは誰の感想でもええわけじゃなくて、彼の感想が欲しいんよ」

　瑞己は売上カードの束を見せてきた。余白に一行で本の紹介がしてある。これもその棚主が書いたものらしい。オーナーに言って譲ってもらったのだと、誇らしげにしている。

　きっとこれが推し活というものなのだろう。友人にも、好きな歌手のコンサートを追いかけて、全国を飛び回っている人がいる。

「じゃあ会《お》うてきたんじゃね、その棚主さんと」

「そんな簡単に会えんよ。でも、この本を手に入れたから、SNSで話しかけるきっかけができた。意味もなく話しかけると、周りから叩かれたりもするし」

〈フレール〉のオーナーから「東京来るなら、ここで棚主になりなよ」と勧められた、と興奮した口調で言う。それが余程嬉しかったのか、瑞己の話は止まらない。

恵美子はただ頷きながら聞いていた。

とにかくこれが、瑞己なりの有意義なお金の使い方なのだとわかる。義理立てして東京の土産物を買ってくるよりも、ずっといい。

「本を読んどるとね、自分の思うとる通りの展開じゃなくて、苛々するときってあるが。でも、彼のレビュー読んでから振り返ると、全然違う読み方ができるんよ。どんな本も絶対に悪く書かんけど、面白くないのに無理して良《よ》う書くとか、そう言うんでもなくて。もっと当たり前に受け入れる感じいうか、読んどって気持ちが落ち着くいうか。ああ、好き」

勉強に疲れたり、喧嘩して苛ついたらこの感想読むんだ、と瑞己は言う。

「ねえ、おばあちゃんも本好きでしょ」

「うん？」

「何か一冊読んでみて。すごいんだから、啓一さんの感想」

瑞己はどれでもええよ、と積まれた本を指す。

　恵美子は背を糸で綴じられた薄い本を手に取った。和紙の手触りが懐かしい。表紙には題名がなかった。

「あ、おばあちゃん、それには感想挟まっとらんよ。〈フレール〉で偶然会った作家の人にもらったんよ。髪の毛オレンジの女の人。なんかね、自分で作ったんだって」

「自分で、本を？」

　そんなことが可能なのか。

「その本ね、新幹線で読んだけど、うちにはちょっとよくわからんかった。啓一さんがSNSで長文レビューしとったから、読み取るところがいっぱいある本なのかもしれんけど。小説じゃないからかなあ」

　評価が分かれる作品は、誰もが口を揃えて良いと言う作品よりも気になる。どんな本なのか、自分の目で確かめたくなってきた。

「これ、ちょっと借りてええ？」

「あげるよー、うちおばあちゃんにお土産買って来《こ》んかったしねえ」

　声の調子はいつもと変わらないが、本当はずっと気にしていたのだろう。行動と考えがちぐはぐでも、瑞己は瑞己なりに考えているのだ。

「そういやあ瑞己は、東京の大学に行きたいん？」

「行きたい」

はっきりとした口調で答え、背筋を伸ばして座り直す。

「なあお母さん、最近ちょっと言うてることおかしくない？　大阪は良くて、なんで東京はだめなん？　どっちだって実家を離れることになるんだし、変わらんのに」

瑞己は眉を顰《ひそ》め、不満を口にする。

「遠《とお》うなると、もしものときに行くんが大変じゃろう」

「もしもって何？　病気や怪我のこと？　大丈夫、一人でなんとかするって」

「心配なんじゃと思うよ、真由美は」

「うち心配してくれえなんて、頼んでないし。東京行ったときね、ぴんと来たんよ。呼ばれとる気がする。大阪には何度も行っとるけど、そういうのなんもなかったんよ」

「そうなんじゃね」

「一人でも平気だよ。友だちだって、どこ行ってもすぐできるし」

ああ、東京に戻りたい、とそこが自分の本当の居場所であるかのように、瑞己は言う。

「まあまだ、瑞己は高校二年生じゃし。時間がぎょうさんあるから、本当に自分がどこに行きたいか、よう考えたらええよ」

今、真由美の気持ちを代弁しても伝わらない。いつか同じ立場になればわかるのだろうが、周りからどんなに、親は子を心配するものだとか、心配してもらえるのは有り難いことだと言われても、庇護されるのが当たり前なら気づかなくても仕方がない。

大人はつい自分の経験から話をしたくなってしまうが、ほとんどのことは実際その歳になったときにしかわからないのだ。

「ねえ、おばあちゃん」

瑞己は急に甘えた声を出した。

「ん?」

「うちってまだ反抗期なの?」

「瑞己はお母さんに反発したいんじゃのうて、自分のやりたいことをやりたいって言うとるだけなんじゃゃね」

恵美子が優しい口調で言うと、瑞己はそうなの、と頷いた。

「お母さんって、事あるごとに反抗期だから、言うんよ。それがむかつく。うちがいつ反抗した? 自分の意見を主張するのって、そんなにだめなことなん? って、伝えといてよおばあちゃん」

それが、言ったところで伝わらないのだ。むしろ、二人の溝を深くしてしまう可能性もある。相手を受け入れようとする気がなければ、どんな想いも届かない。見ていてもどかしくなるのだが、瑞己と一緒になって真由美を責めることもできなかった。

恵美子は本を借りて、自室に戻った。

つけっぱなしになっていたテレビでは、サスペンスドラマが終わり、明日の天気予報に変わっていた。

テレビを消してから老眼鏡をかけ、そっとページを開く。

「小夜香さんって方が書いたんじゃね」

一日、という章題が入って、散文が始まる。『めだまカレー』、不思議な題だ。

早起きした朝に、慣れない料理に奮闘する様子が綴られている。

めだまカレーというのは、トーストして角切りにした食パンに、レトルトカレー、チーズ、ウズラの卵を載せて焼いたものだ。二つならんだ小さな卵が、目のように見えることから、この名前をつけたようだ。

焼き加減がわからずに、曇ったトースターの中を何度も覗き込む様子。スパイスの香りが部屋に広がって、緊張が解け、熱々の器を素手で掴んで火傷。八つ当たりする相手もおらず、痛くても熱くても、誰も笑いも心配もしてくれない孤独。

向かいのアパートのベランダに置かれた、椅子が二脚のガーデンテーブルセットを羨んで、パリの街並みを思い浮かべながら摂る朝食の風景には、つい笑ってしまう。

些細なことを気にしたり、想像したりする彼女の頭の中をそのまま覗いているようで、読んでいると本の中の日常が自分の身に起こったような感覚になる。不思議な魅力のある文章だ。

「かわええなあ、面白いが」

恵美子の口元に自然と笑みが浮かんでいた。豊かな感性を持った人だ。着眼点が新鮮だった。

彼女のような考え方の友人はいただろうか。恵美子は一人ひとりの顔を思い浮かべた。道で顔を合わせれば、健康や家族の話。買い物に行って食事の支度をしてテレビを見て眠る。似たような暮らしをしていると、共感することは多いが、それだけだ。

同じことを繰り返しながら無為に生きる日々を抜け出し、色んなことを敏感に感じ取って生きられたら、きっと毎日が輝いて見えるだろう。

ページを捲りかけて、恵美子は一旦本を閉じた。

瑞己に見せてもらった本のように、感想を書いて挟んでみるのはどうだろうか。

引き出しから一筆箋を取り出し、めだまカレーへの愛を綴ってみる。きちんと書き残そうとすると、短くても大変だ。あっという間に一時間が経っていた。だが、彼女も悩みながらこの文章を書いたのだと思うと、その時間さえも愛おしく感じる。

恵美子はふと、しまい込んだままになっていた、ガーデン用のテーブルセットの存在を思い出した。

部屋を出て、足音を立てないようにそっと階段を下りた。

夫が健在だった頃、ベランダや庭を活用する暮らしに憧れて、買ったのだ。その時期が冬だったから、二、三度凍えながら紅茶を飲むのに使っただけで、すっかり忘れていた。

階段下の収納を開けると、いつの間にか瑞己の物で溢れかえっていた。物の隙間に足を差し入れて奥へ進む。出番のなくなった冬物のコートの奥に、畳んだテーブルと椅子が立て掛けられていた。

「ほら、ちゃんとあった」

懐かしく思い、引っ張り出そうとしていると、

「こんな時間に何してるの、お母さん」

訝しげな顔をした真由美が、収納を覗き込んできた。


バッグの中に本を入れ、いつもより二時間早く家を出た。十年前から健康のためにスーパーまで歩くようになり、決まった道を往復していたが、恵美子はこの日、敢えて普段とは違う道を選んだ。

「こんなとこ歩くんも、久しぶりじゃわ。歩きでも車でも、いっつもすぐに国道に出てしまうから」

吹きつけてくる風に冬の気配を感じながら、目的地の方向にのんびりと歩いていく。道が狭く、歩道も一人がやっと通れるほどの幅しかないから、車だけではなく、自転車とのすれ違いにも気をつけなくてはならない。この辺りでは、道路脇の用水路に落ちて大けがをするという、事故が頻繁に起こっているからだ。

自宅のある岡山市南区は、古くは水田が平野一面に広がっていた地域だ。用水路は稲作に必要な水を供給するためのものだったが、水田のほとんどが住宅に変わった今も、張り巡らされた水の道は、広範囲に亘って残されている。

普段は安全のために、国道沿いを歩いていたのだが、学生や仕事をしている人たちの移動の時間を避ければ、裏道もそれほど危なくない。水のある風景は、気持ちがよかった。

庭木を眺めながら歩くのも久しぶりだ。冬の花が家々を鮮やかに彩っている。

「パンジーかしら。でもなんか小さいねえ、ビオラ?」

立ち止まって寄せ植えの花を眺めていると、すぐ目の前を小鳥が横切っていった。

庭の奥にあるサザンカに止まったのはメジロだ。花びらの中に顔を埋め、蜜を吸っている。微笑ましい気持ちで眺めていると、その後すぐにヒヨドリがやってきて、あっという間にメジロは追い払われてしまった。自然界では体の大きさが、強さに直結しているのかもしれない。

「可哀想ね、やっぱし小鳥は生きるのが大変なんじゃね」

散歩を再開してすぐに、他の家の庭に、またヒヨドリの姿を見つけた。ミカンの木の枝にぶら下がって、嘴で突いて皮の上から穴を空け、実を食べているのだ。

「あら、ミカンが。でも寒うなってくると、食べるもんも減ってくるもんね」

恵美子がしばらく食事風景を眺めていると、ヒヨドリは飛び去った。するとそれを待っていたかのようにメジロがやってきて、ミカンの穴に嘴を差し込んで、周りを警戒しながら実を食べ始めたから驚いた。

もしかしたら穴を空けるのを待っていたのではないだろうか。メジロもしっかりとヒヨドリを利用して生きているのだ。

「自然界ってすごいんじゃね。いっつもスーパーを目指して一直線に歩いとったけど」

長くこの土地に住んでいて、大体のことは知っていると思っていたが、こんなに身近で暮らしている生き物たちのことを、何も知らなかったなんて。

「あら、こんなとこに」

住宅の外壁のタイルの隙間に、小指の先ほどの蛹《さなぎ》を見つけた。しゃがみ込むと、下の方にもたくさんついている。この狭い隙間で雨風を凌いでいるのだろうか。

春になると、どこからともなくチョウたちが現れる理由がわかった気がして、なんだか少しずつ面白くなってきた。

「きっとこれも、東京から来た、この本のおかげじゃね」

小さな生き物の暮らしを考え始めると、自分の生活も、地球上で繰り返されている営みの、ほんの一部にすぎないのだと気づく。恵美子は自分が何十年も考えてもみなかったことを心に留めている小夜香に驚いていた。

少しでも良い暮らしができるようにと、忙しなく生きてきた自分たちの世代とは違って、今の人たちはこんなにも細やかに、色々なものに目を配り、感じ、考えながら生きているのかと思うと、新鮮だった。

真由美も子どもの頃は、細かいことによく気がつく子だった。このままでは生きづらいだろうと考えて、そんなのは気にしなくて大丈夫、なんだって平気よ、と大雑把な自分の価値観を押しつけ、明るくふるまうことを強要してはいなかっただろうか。彼女の感性をもっと尊重する育て方もあったのではないだろうか。

強く生きられるようにと、励ましていたつもりだったが、細かいことは気にしちゃだめ、という言葉を子どもの頃の真由美はどう受け止めていたのだろう。

「石井さん？」

声をかけられて恵美子は顔を上げた。二軒隣にある工務店の主人が、心配そうに見つめていた。

「大丈夫ですかな」

「え？　ああ。今ね、面白いもんを見つけてしもうたから」

「面白いもんですか？」

こんなところで？　と首を傾げている。

道端でしゃがみこんでいる姿が、気分が悪くなっているように見えたのだと言われて、恵美子は微笑みを取り繕った。

「お花がきれいじゃなあと思うて眺めとったら、ヒヨドリやメジロが飛んできたんよ」

「ああ、そうじゃったんですか」

彼は失礼しました、と頭をかいた。

普段は国道沿いを歩くけれど、今日は近所を探検しているのだと言うと、うちの隣の家でも、皇帝ダリアが咲いていますよ、と教えてくれた。

毎日どこを見て歩いていたのかといやになる。長く住んでいるのに、目に留まらないものが、なんと多いことか。

散歩を再開すると、建物の解体工事の作業現場を通りかかった。

以前はどんな家が建っていたのか思い出そうとした。古くからの水の通り道が残った、のどかな町。昔は今よりももっと水田もあったが、いつの間にかほとんどが住宅に変わっている。

地域の高齢化が進んで、この先は住む人も減っていく。今はまだ新しい家が建てられてはいるが、家や土地が不要になったからといっても、水田に戻すこともできないし、管理する人もいない。誰も住まなくなった古い家だけが残されるのだ。

「瑞己が都会に行きたいんも、仕方のないことなんかもしれんね。あの子には、未来があるんじゃやから」

人気のない住宅地を気まぐれに散策していると、古い家が立ち並んでいる道に、真新しい木製看板が出ているのを見つけた。

〈本屋スミカ〉と書いてある。矢印が、用水路の向こう側に建つ瓦屋根の民家に向けられていた。コンクリートブロックで水路に橋渡しがしてあるが、建物自体には看板もかかっていない。

「ここのことじゃね」

恵美子は好奇心のままに橋を渡った。入口は引き戸だが、磨りガラスがはまっていて中は覗けない。少し悩んで引き返そうとすると、家の脇に生えているクスノキの木陰に、布をかけられた真新しいワゴンが置かれていることに気づいた。

勝手に触れてはいけないと思いながらも気になって、布を捲ってみると、本が並んでいた。

絵本や、時代小説、レシピ本など色々だ。カバーのない文庫本もある。二百円均一と書かれた紙が載せられていた。

「やっぱりここは本屋さんだったんじゃわ。〈本屋スミカ〉か」

スマホで調べてみようかと、鞄の中に手を入れたとき、からからと音を立てて、ガラス戸が開き、ショートカットの女性が顔を出した。

四十歳くらいだろうか。ボートネックの黒いカットソーに、ライトグレーのワイドパンツを穿いた、あか抜けた雰囲気の人だった。

「こんにちは、よかったらどうぞ。お店やってますから」

明るい声に誘われて、恵美子は店内へと足を踏み入れた。入り口から一目で奥まで見渡せる、小さな書店だ。壁沿いには天井の高さまでの本棚が並んでいるが、まだほとんどが空だった。床にはダンボールが積まれている。

「ごめんなさい、準備中じゃった？」

「実はまだ正式オープン前なんですよ。本が届き出したら嬉しくなっちゃって。天気が良いからちょっと開けてみようかなと」

民家の玄関と応接間をリフォームして、店舗にしたのだという。工事を終えたのは二週間前で、今は少しずつ棚を作ったり、本を並べたりしているらしい。正式オープンは一週間後とのことだった。

彼女は名刺を渡してきた。小野《おの》純夏《じゅんか》と書かれている。

「少し前まで東京にいたんです。Uターン起業なんですよね」

出身は岡山市だが、東京の大学を卒業して、そのまま就職。勤めていた会社を辞めて、フリーランスになったことをきっかけに、自分のペースで働こうと、こちらに戻ってきたという。

「本屋さんの他にも、お仕事されとるってこと？」

「ウェブデザインの仕事をしているんです。ここを事務所代わりにしながら、書店をやろうかなと。でも、片手間というわけじゃないんですよ。お金を稼がなきゃと思うと、振り回されていい仕事ができなくなるので、書店を収入の柱として考えないようにしてるんです」

だから、収入は少なかったとしても本業は書店ですよ、と明るく笑っている。もし書店が軌道に乗っても、ウェブデザイナーをやめる気はないらしい。

「すごいんじゃなあ、今は本当に色々な働き方があるんじゃやね」

「好きなことを仕事にしている人に、二足の草鞋《わらじ》を履く人は結構多いですよ。とは言っても、ここにお店を構えるまでには、何年も悩みましたけど」

「一人でお店を開くなんて簡単なことじゃないものね。もしわたしじゃったら、何から手をつけたらええんかも、誰に訊けばええんかもわからんわ」

なんでもインターネットで調べられる時代になったとはいえ、情報が多すぎて、何を信用したらいいのか判断がつかないと思うこともある。

「東京にいた頃、毎週末、仕事が終わった後に通っていたバーがあったんですけれど。そこのバーテンダーさんがいつも親身になって話を聞いてくれて。さり気なく、色々な方との縁を繋いでくれたんです」

それがなかったら、思い切れなかったかもしれないから、一人で仕事をするのにも、ご縁は必要なんですよね、としみじみ言う。

「今日このお店を見つけてくれたのも、何かのご縁だと思うので、ゆっくり見ていってくださいね」

ダンボールだらけですけど、欲しいものがあったら言ってください、と純夏は笑顔を見せた。

恵美子は早速、店内を見せてもらうことにした。

小さな店だが、子どもから大人まで、幅広い年代に向けた本が偏りなく置かれている。表紙が見えるように陳列された本の中には、瑞己が持っているのと同じ小説もある。話題の本もあれば、古典もある。

最近は文字の細かい本を読んでいると、目が疲れてしまうから、ほとんど買うことがなくなっていた。だが、文庫本を開くと、昔よりも文字が大きくなっていることに気づく。また何か読んでみようか。

今度瑞己にもこの店を教えてあげよう。わざわざ岡山駅まで出なくても、家の近所で本が買えるようになったと言えば、喜ぶに違いない。

正式オープンの一週間前だとは言っていたが、入口のすぐ脇の棚だけが空だった。ここにはどんな本が並ぶのだろう。

気にかけていると「もし興味があったら」と純夏からチラシを手渡された。老眼鏡を出して読もうとしてすぐ、棚主募集、という言葉が目に飛び込んできた。

「棚主って、あの棚主？」

「あら、ご存じでしたか？」

「昨日、孫にシェア型書店と言うんを教えてもろうてなあ、調べたんよ」

恵美子は昨晩パソコンで検索して、いくつかのニュースを読んだ。瑞己が訪れたような、棚貸し専門の書店だけではなく、さまざまな形態が広がっている、と書いてあった。

個人書店の一角の棚を貸し出すだけではなく、カフェや雑貨店などに棚を作るケースもある。小さな営みとも相性が良く、棚の使用料が店の定収入にもなるため、地域の店を支えることにも繫がる。

都心部を中心に広がっている取り組みで、縁がないと思ったが、まさか身近に棚主になれる店ができたとは。

恵美子は持ち歩いていた、散歩の相棒を取り出した。

「この本、東京のシェア型書店で、孫が作家の方からもろうてきたんですよ」

純夏に渡すと「素敵ですね」と表紙に触れ、裏返したり背を見たりしている。

「手製本じゃないですか。それにしても、お孫さん修学旅行でシェア型書店に行くなんて、すごい情熱。色々な形で本を楽しんでいるんですね」

「あの子もしかしたら、ここの棚主になりたい言うかもしれん」

東京に来たら棚主にならないかと誘われたことを、嬉しそうに話していたくらいだ。

「本当ですか？　明日も今日みたいに準備しながらお店を開けてるので、もしよかったら二人で一緒に来てください」

今日学校から帰ってきたら、瑞己に教えてあげよう。昨日階段下の収納に入ったとき、読み終わった瑞己の本がダンボール何箱分も置いてあった。棚に並べるものには困らないはずだ。

毎月の小遣いから月額料金を払うのは大変だから、自分と二人で棚を管理する、という形にして、払ってあげるのもいい。

「〈本屋スミカ〉には、地域のお客さまのニーズに合った本を置いていこうと思うんですけれど、それとは別に、わたしもお金を払ってこの棚を一つ借りて、棚主になろうと思うんです。自分の棚には、本という形じゃなければ表現できないものを置きたいなって」

話をすると関心を持つ人が多く、棚はもう半分埋まっているようだ。

この店はきっと素敵な本屋になる。恵美子の中に確信が生まれ始めていた。

昨日瑞己から棚主とは何かを教わり、シェア型書店でもらったという本を携えて、普段歩かない道を散歩してみたら、この書店に出会えた。まるで運命のようではないか。

恵美子は文庫本を一冊買って店を後にした。

スーパーに着くと、買い物をする前に休憩所へ向かった。セルフカフェでコーヒーを飲みながら、買ったばかりの文庫本を途中まで読んだ。

のんびりしすぎたかと思ったが、壁の時計を見て驚いた。普段ならまだ、家を出る準備をしている時間だった。一日は終わっていないのに、日帰り旅行にでも出かけたような充実感がある。

買い物を済ませた後は、いつもの道で帰路についた。長い時間活動していたはずなのに、不思議と疲れは感じない。

家に着くと、恵美子はどこか浮かれた気持ちで、夕飯の支度を始めた。

今晩は小夜香の本に出てきた、めだまカレーに挑戦してみようと、ウズラの卵と食パンも買ってきた。真由美はライスがいいと言うだろうが、瑞己は面白がって、パンにすると言うかもしれない。

圧力鍋でカレーを仕込み、支度が終わりかけた頃、ただいまー、と玄関から声がした。鞄を持ったまま、瑞己がリビングに駆け込んできた。

「眠たい、すっごく疲れた。やっぱうち疲れとったわ」

ソファに座り、背もたれに頭をつけて脱力している。今日は修学旅行明けの代休だが、部活には出ると言い、午後から学校に行っていた。

「おばあちゃん、今日カレー？」

「そう。パンとご飯どっちがええ？　おばあちゃんは、パンにしてめだまカレー食べるんじゃけど」

「それってあげた本のやつでしょ。うちもパンにする」

瑞己は「あの本、そんなに気に入ったん？　どんな本が好きかって全然違うんだね」と笑っている。トースターで食パンを焼き始めると、ソファから跳ね起き、恵美子の横に並んだ。

珍しい、どうしたのだろう。いつもは食事の支度が整うまでは動きもしないのに。

「ねえおばあちゃん。うち修学旅行で行ったシェア型書店でなあ、料理の本買ったんよ」

「料理？」

恵美子は思わず訊き返した。

東京に行って、早くも一人暮らしを意識したのだろうか。

「誰でも簡単って感じのやつなんだけど、どのレシピもすごく面倒臭そうだった。最初のページに親子丼とかあったけど、無理。やればできんことはないんだろうけど、包丁使うのばっかりだし」

「慣れてしまえばねえ」

「でも、おばあちゃんにあげた本読んだら、カレーのレトルト温めるだけであんなにおたおたしとったし。そのくらい生活力なくても、なんとか生きていけるのか、って希望が湧いたんよ」

小夜香は髪の毛だけではなく、眉やアイラインもオレンジで、生活感が全然ない人だった、と瑞己が言う。

「おばあちゃんも昔は料理できんかった？」

「そうよ。みんな、そうじゃろう」

初めからできる人なんて、どこにもいない。

「じゃあお母さんには、おばあちゃんが教えたん？」

訊かれてはたと手を止める。子どもの頃は料理をしていると傍にきて、横から見たり、手伝いをしてくれることはあったが、作り方を訊かれたこともなければ、味つけに何を使うかを教えたこともない。包丁の握り方は、家庭科の授業で習ったと言っていた気がするが、それ以外は自分で調べたのだろうか。

「真由美から『それ何をしとるん？』って訊かれたら答えたりしとったけど、ちゃんとは教えとらんかも」

「お父さんと離婚してこっちの家に住むようになってから、お母さん仕事が忙しくなって、全然ご飯作らんようになったけど、料理は上手だったんよ。だから、おばあちゃんが教えたんかなって思ってた」

「休みの日に作ってもらう？」

母の味が恋しいのかと訊ねるが、瑞己は首を振る。

「おばあちゃんのご飯の方がおいしいからええよ。ただなあ、実は石井家で継承しているレシピ、みたいなものがあるんかなあって思っただけ。お母さんはきっと、おばあちゃんの味を舌で覚えとって、自分で再現しとっただけなんだね。あーあ、うちの代で石井家の伝統終わるかも」

トースターが焼き上がりを知らせるのを待たずに扉を開けて、瑞己は食パンをつまんだ。あっつ、と皿の上に投げ出して、赤くなった指先を見つめている。トーストしたばかりのパンが、どのくらい熱いかさえ知らないのだ。

「これ、この後うちが作る」

瑞己は食パンをまな板の上に置き、爪の先でパンを押さえながら角切りにし、耐熱皿に敷き詰める。カレーをかけて、恵美子に量の確認をしてきた。

「ええんじゃない？　ちょっと全体に広げにくかったじゃろ。このカレーな、いつもより少しだけ水分を減らしとるんよ」

「え、なんで？」

「パンがカレーの、水分を吸うたら美味《おい》しゅうないかなと思うて」

「あー、確かにそうかもね」

納得しながらシュレッドチーズをかけて、ウズラの卵を割り入れる。こんもり盛られたチーズが滑り台になってしまい、卵は流れて端に寄る。瑞己はそれを見ながら笑っている。

トーストを敷き詰める段階から、盛りつけに気を配らなくてはならないことに気づくと、次はスプーンの背でくぼみを作って卵を割り入れた。一皿目の失敗があって、二皿目は成功した。

耐熱皿を並べてオーブントースターに入れた後、冷蔵庫からサラダを出す。瑞己は椅子に座り、首を伸ばして様子を窺っている。

「あのなあ、瑞己。今日スーパーに行く途中の道で、本屋さん見つけたんよ。棚主の募集しとったよ。店の一部の棚を貸すんじゃって」

「え、ほんまに？」

瑞己は目を見開いた。テーブルの上に棚主募集のチラシを置くと、すぐに取り上げて読み始め、へー、と何度も感嘆の声を上げている。

「これってスーパーの近く？　新しいお店作っとるところなんて、なかった気がするけどなあ」

「住宅地の中なんよ。両隣も民家なの。一回行けば、道はすぐわかると思うわ。明日もお店開ける言うとったけど、一緒に行ってみる？」

「行く行く。明日部活ないし」

昼食後に出かける約束をすると、瑞己はスマホを持ってきて〈本屋スミカ〉について調べ始めた。

岡山出身だが東京の大学に通い、就職したという純夏の経歴にも興味がありそうだ。家や学校以外で大人と接する機会を持つのも、瑞己にとって大事なことだ。東京暮らしの実際を教えてもらうのもいいだろう。

「どんな本が置いてあったん？」

「まだ正式オープン前じゃからなあ、これからどんどん増えていくと思うんじゃけど。瑞己が買《こ》うてきた本と同じのもあったよ。小さい本屋さんじゃけど、普段読んどるような本も入るかもしれんね」

「ふうん」

とりあえず行ってみる、と軽い調子で言って椅子から立ち上がり、トースターの前に行く。目を凝らして中を覗き込む姿を見て、めだまカレーの著者の小夜香も、こうやって出来上がりを待っていたのかと想像し、微笑ましい気持ちになる。

焼き上がると瑞己は、出来の良い方を譲ってくれた。自分は寄り目の方でいいんだ、と写真を撮っている。

スプーンでパンとカレーを掬って口に入れると、顔を綻ばせた。本の中に出てくる料理って、匂いとか食感まで伝わってくるから、写真もないのになぜか食べたくなるんだと語り出し、満足気だ。

食事を終えかけたとき、玄関から真由美の声がした。今日はいつもよりも早い帰宅だ。

恵美子は席を立って、鍋を火にかけた。

「カレー？　めずらしいね」

玄関の方まで、スパイスの香りがしたらしい、真由美はリビングに入るとすぐに鍋を覗きにきた。

「たまにはええじゃろう。あたしと瑞己はご飯の代わりにパンで食べたんよ」

「え、パンって。なんで」

めだまカレーの説明をしたが、真由美は「普通にご飯がええかな」と、食事中の瑞己に、もの言いたげな視線を送った。

「ちょっと着替えてくるね。スーツだと窮屈で」

真由美はリビングを出ると、自室へ向かった。

瑞己は慌てて食事を済ませたのか、口を動かしながら席を立ち、流しに皿を置いた。

「おばあちゃんごちそうさま、おいしかった。またこれ食べたい」

早口で話し、投げ出してあった鞄を掴み上げて、大急ぎでリビングを出て行った。階段を駆け上る足音が遠くなる。

入れ違うように真由美が戻ってきた。

「瑞己は？」

「食べ終わって、さっき部屋に戻ったよ」

「ねえお母さん、瑞己が帰ってきたら、必ず着替えるように言って。いっつも制服のスカート折っとって、ただでさえプリーツがめちゃくちゃなのに、ソファに座るとだめになるのよ。あの子はあたしが言うても聞かんから」

中学校に入って制服を着るようになってから、真由美はずっと言い続けてきた。もう疲れた、とため息を吐いている。

「瑞己もわかっとるよ。誰かに制服のことを言われて恥ずかしいと思やあ、自分でどうにかするじゃろ」

「あたしがなんも言わん親みたいに思われるが」

鍋の火を止めてご飯をよそい、カレーを用意する。

テーブルに食事を並べると、そういえばね、と恵美子は話題を切り替えた。

「近所に新しく本屋さんができるんよ。その中にね、貸し棚ができるんじゃって。誰でも本屋になれる言うて」

続けて瑞己が東京で行ったという、シェア型書店の話をし、テーブルの上に棚主募集のチラシを置く。反応を待ってみたが、真由美は険しい表情のままだ。

「明日の午後、瑞己と一緒に行ってくるわ。店主の小野さんいう方は、岡山出身じゃけど、東京の大学に行って、あっちで就職した人なんよ。詳しい話も聞けるじゃろうし、瑞己が好きそうな本もあったよ」

「また本を買うの？　修学旅行であんなに買ったのに」

「場所がわかりゃあ、一人で歩いて行けるから。取り寄せもしてくれるんじゃって。便利になるよね」

「ただでさえ我が儘なのに、あんまり甘やかすと」

そこで言葉を止めて、真由美はまたため息を吐いた。

「瑞己にも息抜きは必要じゃろう」

東京で本を買ったのは、ある棚主の書いた本の感想が欲しいからだと言っていた。当たり前に作者を受け入れている彼の文章を読みながら、自分と重ねているのだと。瑞己もストレスを抱えているのだ。

「そのせいで大学に受からんかったら、瑞己は後悔で荒れるわ」

真由美は半ば呆れたように言う。

「そうじゃなくても本ばっかし読んでるんだから、これ以上余計なことはさせなくてええと思う。あの子はこれだけは絶対にやって、ってお願いした、簡単なことすらやらないで、自分の好きなことばかりやっとるでしょう」

言い切って、チラシを裏返した。

そのときでなければ、心に響かない本もある。棚主になる経験もそうだ。せっかくの高校生活が、受験勉強だけで終わって本当に良いのだろうか。

「とにかく、今はそういう時期じゃないと思う。学校からも、高校二年の夏からは、本腰入れて勉強せんと遅い言われてるの。もう十二月になろうとしてるのに、エンジンかけたって間に合うかわからんよ。他の子はみな頑張ってるんだから、それ以上にやらんといけんのよ。お母さんは、受験生を取り巻く状況を知らんから。あたしが大学受験するときもそうだった。昔から夢見がちいうか、地に足ついてないっていうか」

家事は任されていてもそれだけで、信用はされていないということだ。恵美子は黙って耳を傾けていた。

真由美が離婚後に実家に戻ってきたのは、子育てで甘えるためではない。色々なことを夫に頼って生きてきた、母親を心配してのことだとわかっている。真由美は昔から自分よりも他人のことを考える優しい子だった。今も変わらない。理解はしているはずなのに、いつからすれ違いが多くなってしまったのだろう。

「そうね。確かにわたしは、夢見がちかもしれんね。でも瑞己はあんたに似て、ちゃんと自分で考えとる思うよ」

一人暮らしに備えてか、料理を覚えようとしていた。自活するためにどんなことが必要か、考えようとしているのだ。

「そういやあ、なんで今日は、パンにカレーだったの？」

空気が重くなったことを察してか、真由美が話題を変えた。

本に書いてあった文章に、五感を刺激されたから。そう言って話を戻すこともできなくて、「今日はたまたまそんな気分じゃったんよ」と気まぐれを装った。

〈本屋スミカ〉の引き戸は開け放たれ、昨日まではなかったオープンを知らせる看板が掛かっている。クスノキの下にあったセールワゴンも入口のすぐ脇に移動してあり、客を迎える準備がされていた。

用水路を越えて、恵美子と瑞己が店の前に立つと、純夏が出てきた。

「どうぞ、お入りください。お孫さんも、修学旅行でお疲れのところありがとう」

純夏は親しげな笑みを浮かべている。

瑞己を交えて簡単な挨拶を終えると、純夏はダンボールを開いて冊子を取り出した。

「石井さん、これも好きかもしれないなって。今朝届いたんです」

文庫本サイズだが、カバーがかかっていなかった。書店ではあまり見かけない装丁に、ぴんと来た。小夜香の本と同じ、出版社を通さずに作られたものだ。

「わたしが昨日持って来たんと同じよね？」

「そうそう、この作家さん良いんですよ。実は東京にいた頃、この方の本を扱っている書店があって、その頃から読んでいたんですけれど」

書いたのは、岡山市内に住む人で、書店を開いたらその人の本を並べると決めていたという。

粗削りな感性に触れる機会は貴重だ。多くの人の手が入る一般の書籍では味わえないものだ。出会ったときに買い逃したら、二度と巡り会えないかもしれないという稀少さも相まって、本好きの人たちからも注目されている。

瑞己はすでにそういう読みものの存在をよく知っていた。二人の話を聞きながら、店内の本を物色し始めている。

「瑞己、ここの棚を貸してくれるんじゃやって」

「んー」

頷いて、また文庫本の棚を見る。棚主になれると知ってもっと喜ぶかと思ったが、反応は芳しくない。

「修学旅行では、どこのシェア型書店に行ったの？」

純夏に訊ねられ、瑞己は普段家で話しているときよりもしっかりした、よそ行きの口調で答えた。

「〈フレール〉っていうところです、新宿御苑前の」

「ああ、桜井さんがやってるところだ。すごく良い場所にあるんだよね」

「知ってるんですか」

瑞己の声が高くなる。

「東京にいた頃、棚貸しをどんな仕組みでやってるか、教えてもらったんだ。わたしは書店経験者じゃないし、桜井さんもそうだから、考え方も含めて参考になるかなと思って」

〈フレール〉には何度も訪れたことがあるという。

「観光案内所も一緒にやってる、っていうのが面白いよね」

「うちが行ったとき、新宿で見た方がいいところとか、これから行く場所の近くでご飯が美味しいお店とか、すごいいっぱい教えてもらいました」

楽しかった記憶が蘇ったようで、瑞己の声が弾んでいる。

「ほら瑞己、今じゃったらまだここの棚借りられるんよ」

話が盛り上がってきたところで恵美子がもう一度勧めると、瑞己が隣に寄ってきて耳打ちした。

「おばあちゃん、ここに本を置いて一体誰が買いに来るん？　この道誰も通らんよ」

とても冷静で、こういうところは真由美譲りだなと思う。

「大丈夫よ、看板があればちゃんと気がつくんじゃから。おばあちゃんも気づいたし」

内緒話が聞こえていたのか、純夏は笑っている。

「うちの店は〈フレール〉さんと違って、立地が良いとは言えないですよね。でもわたしは、町の余白を埋める仕事がしたかったんですよ」

地域住民の高齢化に伴って、空き家が増え始めた。手入れをする人間がいなくなると、建物は古びて、防犯、防災上の問題も起こるようになり、ますます過疎化が進んでしまう。

だがここに書店を開くことで、同じように小さな商売に興味を持つ人も増えるかもしれない。彼女はそこまで考えている。

「お店を知ってもらうための活動をしながら、いずれ同じように小さな商売を始めたい人の、相談に乗れたらいいと思うんですけれど。あとは、この店をただ本を売るだけじゃなくて、人が集まれる場所にしようと考えていて」

この棚、足にキャスターをつけているんです。だからこれを押すと、真ん中にスペースができるでしょ？　そこで何かワークショップを開きたいなって思ってるんですよ、と本棚を押して、端に寄せてみせる。

「書店が手狭になってきたら、店の奥の壁を撤去して、ダイニングキッチンの部分まで拡張しようかと考えてるんですよ」

色々なアイデアがあって面白そうだが瑞己の表情は依然として硬い。東京という場所じゃなければ、興味を持てないのだろうか。

「棚を借りて、毎月お金を払うんも、地域にできた本屋を守ることに繋がるんよ」

恵美子はインターネットで得た知識を披露してみる。すると純夏が腕組みして唸った。

「でも、書店も守られてばかりじゃだめなんですよね。先を見据えると、今本が好きな人を囲い込むだけだと足りなくて。読書から離れてしまった人や、これまで興味がなかった人が読書の楽しさに気づいてくれないと、先細っていくだけですから。だから本がもっと身近なものになるように、間口を広くしておきたいんです」

だから昨日、本という形じゃなければ表現できないものを棚に並べたいと言っていたのだ。

情熱に触れた気がして恵美子が感激していると、

「ねえ、思ったんだけど。そんなに興味津々だったら、うちじゃなくて、おばあちゃんが借りた方がええんじゃない？」と瑞己が肘で腕を突いてきた。

〈本屋スミカ〉のオープンは五日後に迫っている。初日に貸し棚に置く本を揃えるために、恵美子は部屋の本棚をひっくり返しては懐かしい本を読み直した。

何冊か選んだがそれでは足りない気がして、岡山駅にある大型書店まで行って、新しい本の中から棚に並べる商品を探した。

自分が売りたい本。そんな基準で本を選んだことがなかった。それに、ただそこに置けばいいというものでもない。誰の目にも留まらなかったら、置いていないのと同じだ。どんなふうに陳列されているのか観察しながら、店内を歩く。

普段は何も意識せずに、今日は良い本と出会った、などと自分の手柄であるかのように喜んでいたが、その本を必要としている読者の手に届けるための、書店側の努力があったのだ。ここ数日の間に、たくさんの当たり前が塗り替えられている。

棚名は〈ケノヒ〉にした。人生の節目に当たる特別な日を指す、ハレの日の反対の言葉、日常を示す、ケの日が由来だ。

あの空っぽの棚をどうやって小さな書店にするのか。初めは単純に好きな本を並べるつもりだったが、棚主を始めたきっかけにちなんだ本を置くことにした。

日常生活に気づきや彩りを与えてくれる本で、誰かにも自分の身に起きたような、偶然の繫がりを体験してもらいたかった。

本の他に、恵美子は久々に新しい服も買った。家とスーパーの往復ばかりのときは、ファッションを楽しむ気になれずにいた。だがこれから新たな出会いが待っているのだと思うと、七十歳らしく、などと、落ち着いてはいられない。もうすぐ冬が訪れるからこそ、明るい色の服を着たくなった。

荷物を置きに一旦家に帰ると、さっそく〈本屋スミカ〉に向かった。

ガラス戸を開けると、こんにちは、と純夏の明るい声がした。

本の場所が毎日くるくると変わっている。棚に試行錯誤の跡が見えた。

「本を持ってきたんで、わたしの棚に置いてみてもええ？」

「どうぞどうぞ」

恵美子は自分の棚に、買ったばかりの本を差していった。純夏に借りたブックスタンドに、おすすめの一冊を表紙が見えるように立て掛けて置くと、どうにか格好がついた。

だが、他の棚主の高低差を作った陳列を見ると、まだまだこれからという気持ちにもなる。明日は棚に敷く布を持ってくることにした。

コンセプトを貼るのもいいですよ、と勧められ、ポストカードか何かに書いて持ってこようと心に決める。

「選書も良いし、棚自体がいい感じになってきましたね」

純夏が作りかけの棚に並べた本を確認している。

「わたしね、ほんまは瑞己からもろうた本を、誰かに読んでもらいたいんよ。でもあれは一冊しかないもんじゃから売るわけにはいかんけど」

それでも、同じ本を読んだ誰かと、語り合ってみたい気持ちがある。

「棚主さんたちを集めて、朗読会をしてみるのもいいですよね。許可が必要になると思いますけれど、連絡を取ってみますか？　感想を伝える良い機会になるし」

「連絡って、書いた方に？」

「ええと〈フレール〉のオーナーの方が良いかな。きっと著者さんに直接連絡すると、どうしていいかわからなくなっちゃうだろうから。多分ね、どっちみち相談すると思うんですよ。オーナーに」

「大丈夫じゃろうか」

「喜んでくれると思いますけどね」

もしやるのなら〈フレール〉のオーナーを通して、小夜香にも手紙も送ってくれるという。

人に聴かせられるような美声の持ち主ではないが、朗読なら本は一冊でも、彼女の書いた文章を知ってもらえる。

「本に載ってためだまカレー、家でアレンジして作ってみたらおいしかったから、ついでにお勧めもしてみたいわ」

「ねえ石井さん、本の感想とイラスト入りのレシピを書いた、初めての冊子を作ってみましょうよ。折り本っていって、一枚の紙から薄い本を作ったりもできるんですよ」

純夏は次々と新しい提案をしてくる。そのどれもがこれまで考えもしなかったことで、恵美子は目が回りそうだった。忘れないように、メモにしっかりと書き留める。

そのとき、紙袋を提げた若い女性が店に入ってきた。

彼女も棚主のようだ。近所に住んでいて、まだ社会人一年目なのだと言った。棚に並べているのは布張りの文庫本だ。どこで買ったのかと訊くと、市販の文庫本を、自分で布張りの表紙に変えて製本し直したというから、仰天した。

一から作るだけではなく、売られている本を作り変えることもできるとは。ハードカバーや和綴じ、色々と製作経験があると知り、また興味が湧いてきた。

「朗読、レシピ制作をしたら、そのあとは和綴じ本づくりに挑戦してみませんか？　興味ありそうな棚主さんが多いから、みんなでワークショップやると楽しいかも」

更なる提案が始まったが、まだ自分の棚さえ完成していない。

恵美子はただ、言われたことを書き取るのみだが、この先にどんな楽しいことが起こるのかという希望と、期待に応えられるかどうかという不安がないまぜになって、入学前に大量の宿題を課された学生の気分だった。


〈本屋スミカ〉を後にすると、夕飯の買い物をしにスーパーに向かった。

白菜を手に取りながら、どんな本を作ろうかと頭を悩ませる。そして葱を選んでいると、さらさらした手漉き和紙の触り心地を思い出し、岡山県産の和紙を使うのはどうかと閃いた。伝統的工芸品がある。

今朝は、棚にどんな本を置こうか考えていたのに、夕方には初めての本にどんな紙を使うかというところまで考えが飛躍していることが、おかしかった。

こんなに楽しい気分なのはいつ以来だろう。

子どもの頃は、瑞己のように初めての場所へ行ったり、新しいことをしたりするのが好きだったのだ。真由美は、お母さんは昔から変わらない、といつも言う。それなら、一体いつどこに本当の自分を置き忘れてきてしまったのだろう。

人生の折り返し地点を過ぎ、子どもや孫の手助けをしながら見守って、ささやかな幸せを感じられる、平穏な毎日を送れればいいと思っていた。ある程度の年齢になったら主役の座を譲り、わき役に回るものだと思い込んでいた。でも、言われたことをやるばかりの子ども時代を終えて大人になり、やっと自由になれたと思ったら、子育てが始まって、落ち着いた頃には孫育て。それも幸せではあるのだが、自分の人生は一体どこにあるのだろうかという気にもなってきた。

自由になれた今こそ、探しに行かなければ。東京から旅してきた、あの一冊の本が心のよりどころだ。新しいことを始める力を与えてくれている。

買い物を終えて帰宅すると、コートを羽織った瑞己が、財布片手に階段を駆け下りてきた。

「おばあちゃん、一緒に買い物に行こう。連れてって」

「ええ、今？」

出かけるための服でも欲しいのかと思えば、行き先はスーパーだ。

「スーパーから帰ってきたばっかりなんじゃけど。何が欲しいん？」

「作ってみたい料理があるんよ」

先日東京で買ってきた本に、載っていた料理だという。面倒臭そうだと思いながらも読んでいたら、これならできると思うものを見つけたらしい。瑞己がやる気になっているのだから、身体に鞭打って行くしかない。

「車で行く？」

「ううん、歩いて行く。おばあちゃんと話したいから」

改めて話がしたいと言われると、なんの話かと構えてしまう。

冷蔵庫に食材を収めてから家を出て、今帰ってきたばかりの道を、瑞己と共に戻った。〈本屋スミカ〉から帰宅したときは、まだ空が明るかったのに、辺りはもう暗くなり始めていた。

先程よりも、車の数が増えている。住宅の間の道を歩くのは危険だから、国道に出ることにした。

「瑞己が作るの、初めてじゃない？」

「あー、そうかも。だってうちが作らなくても、おばあちゃんいつも家におって、お腹がすけば作ってくれるし。わざわざ自分でまずいご飯作る必要もなかったからね」

やる前からまずいと決めつけてしまったら、作る気もなくなりそうだ。今日は一体どうしたのだろう。

「瑞己は一人暮らしの準備で、料理覚えたいの？」

「え？　違うよ」

瑞己は即座に否定する。一人暮らしは、小夜香くらい料理も何もできなくても、どうにかなるのだとわかったから、特に不安はないという。

「おばあちゃんってこれから忙しくなるでしょ、棚主になったし。うちが料理できたら、ええのかなって」

「ええ？　棚主になっても、お店番するわけじゃないから、そんなに心配せんでも大丈夫よ。瑞己だってやることがぎょうさんあるんだし」

真由美からも勉強をするように言ってほしい、と頼まれている。

「だけど、最近忙しそうじゃが。書店に置くための選書とか、真面目にやろうとしたら結構時間かかるんじゃない？　おばあちゃんもそのうち、本とか作るんでしょ」

「そうじゃなあ」

「え、ほんまにやるん？」

瑞己は目を見開いた。

顔を見合わせて、二人で笑い合った。

この子のどこが、自分以外のことを考えられないというのだろう。家族旅行を楽しめないほど、何かが変わってしまったのだろうか。毎年少しずつ背が伸びて、お洒落に関心を持つようになって、都会に憧れて。変化はあるが、瑞己は瑞己だ。根っこの部分は何も変わらない。

「まあとにかく、うちがご飯作りたいのは、おばあちゃんのためよ」

「ありがとね」

「あと、お母さんのためでもあるけど」

真由美の話になると、笑顔が消えていく。

「お母さんってなあ」

ぽつりと呟いて、瑞己は足元を見つめた。

「最近疲れすぎじゃない？　いっつも苛々して、ため息ばっか吐いとるし。うち、怒られるより、ため息の方がいやなんよ。部署が変わって、残業明らかに多くなったし、休みの日も仕事しとることもあるし」

「覚えることがたくさんある言うてたよ。初めは大変なんじゃやって」

「うちのせいもあるんかなって。うちがいなければ、お母さんいっつも苛々しなくてええのかなあって思うよ」

言葉が胸に突き刺さる。もしかしたらそれが、瑞己が東京の大学に行きたい理由の一つになっているのではないだろうか。

「でもま、とりあえず家を出るんはまだ無理だから。せめて、お母さんのためになんかしたいと思って。おばあちゃんもこれからは忙しくなるかもしれんけど、今日くらいは協力してくれるでしょ？」

「もちろんよ」

すると瑞己は、よかった、と照れくさそうに笑った。

「本ばっかし読んで、っていっつも鬼みたいな顔で言うから、本を役立ててお母さんを見返してやろうかと思って。名案でしょ？」

「喜ぶ前に驚いて、言葉も出んようになるかもしれんね。それで、何作るん？」

「すっごく簡単で、絶対においしいやつ」

お母さんが帰ってくる前に完璧に支度しないとね、と瑞己は早足で歩き出した。


夕飯の支度をあらかた終わらせて、瑞己は真由美が帰宅するまでの間部屋で勉強をしている。恵美子が調理器具を洗っていると、玄関の鍵が回る音がした。

真由美が帰ってきた。

「あれ、ご飯まだ食べてないの？」

リビングに顔を出し、食器の並んだテーブルを見て、真由美は目を丸くする。

「あんまりおなか空いとらんみたいで、先に宿題やるんじゃって」

「へー、珍しい」

嘘はよくないが、これは真由美を喜ばせるためだと、自分に言い聞かせる。

「そういやあこの間話した棚主の件じゃけど。瑞己じゃのうて、あたしが契約してやってみることにしたわ」

「え、お母さんが？」

今日初めて会った手製本をする棚主のこと、朗読会の開催を勧められたこと、自分でも本を作ってみようと思っていることを話すと、真由美はあからさまな戸惑いを見せた。

「どうしたんよ、お母さん」

「なんだか急に、新しいことをやってみとうなったんよ」

「騙されとるんじゃないの。そこで親しくなった人から、高額な商品を買わされるとか」

「少なくとも店主や、今日会《お》うた棚主の方はそんな人たちじゃないわ。みんなちゃんと志のある方たちなんじゃから」

否定したが、お母さんは人を疑うことを知らないから、と語調を強めた。

美容機器や健康食品を販売するために、帰郷してビジネスを始める人や、習いごとを利用して近づき、親しくなったところで保険のセールスをする人、詐欺の投資話を持ちかける人もいるという。

よくそんなに色々な手段を思いつくものだと、恵美子が感心しながら頷いていると、真由美は額に手を当てて深いため息を吐いた。眉根を寄せたまま、静かな怒りを湛えている。

「お母さん、他人の話をしているわけじゃないんよ。いっぺん冷静になったら？　棚貸しの仕組みを知ったのだって、瑞己が修学旅行から帰ってきてからなんだよ。それまでは目が疲れるからって、テレビばっかしでほとんど本も読んでなかったのに。どう考えたっておかしいでしょう」

自分が言われてみて初めて、瑞己の気持ちがわかる気がした。東京にぴんと来て住んでみたくなる気持ち、自分の考えたこと、興味や好奇心よりも、安全が優先されて、端から芽を摘み取られていく感覚。

瑞己は真由美のこういうところがいやなのだ。わかったつもりでいて、わかっていなかった。

よく考えなさいと言っている側が、そのことについて何も知らず、向き合おうともしていない。だから言葉は上滑りしていく。真由美の姿に過去の自分が重なって、恵美子は内心苦笑した。

子育ての一番身近な手本は自分の親だ。どうやって育てられたかが、意識せずとも影響する。いやだと思っていたことも、自分に自信が持てないときは、真似をしてしまう。

「まだわからん部分もぎょうさんある。それでも今は、色々な人と会《お》うて刺激を受けることと自体が楽しいと思えるんよ」

「どうかしてるよ。瑞己みたいなこと言って。もう七十になるっていうのに」

真由美が首を振ったとき、

「やりなよ、おばあちゃん」

いつの間にかリビングに降りてきていた瑞己が、恵美子の横に立った。眉尻を吊り上げて、真由美を睨みつけている。

「うち、おばあちゃんと本屋行ってきたけど、怪しくなんてなかったよ。シェア型書店だって行ったことがあるし、どんな人たちがそういうものに興味を持って集まるのか知っとる。本棚は、借りろって押しつけられてるわけじゃないよ。ちゃんとおばあちゃんが考えて、自分で決めたことなんだよ。なんで信じてあげんのん？」

さらに瑞己は畳みかけるように言う。

「お母さんはいっつも否定ばっかし。全部だめとしか言わん」

「そんなこと。ただ、勢いだけじゃなくて、よく考えて決めなさいって」

笑顔を取り繕いながらも、真由美は反論しようとしたが、瑞己はそれを遮って言葉を重ねた。

「お母さんは自分のやりたいことがなんもないんでしょ。だから、うちとかおばあちゃんの気持ちなんかわからんし、邪魔ばっかりするんだよ」

真由美の表情が一変した。怒りを堪《こら》えるように唇を結び、手のひらを握りしめている。

「うちたちがいるせいで、自分が仕事しなきゃいけないって、思ってるから腹が立つんだよ。趣味の時間もないって言い訳したいんならもっと」

真由美が突然腕を振り上げて、瑞己ははっとしたように口をつぐんだ。

いけない。そう思ったが、遅かった。真由美は平手で瑞己の頬を打っていた。ぱちん、と乾いた音が鳴るや否や、

「何するん」

瑞己は家中に響き渡るような大声を張り上げて、真由美の髪を掴んだ。

「ちょっと、やめて、お願いじゃから」

恵美子は二人の間に入って瑞己の腕を押さえつける。瑞己は今にも泣き出しそうな目で、真由美を睨みつけている。

どうしてこんなことになってしまったのだろう。

「真由美、部屋に戻りんさい。早《はよ》う」

自分のしたことが信じられないといった様子で、真由美は呆然と立ち尽くしていたが、やがて目も合わせないまま、自室に向かっていく。

腕を解くと、瑞己は途端にぽろぽろと涙をこぼし始めた。

「ごめんね。痛かったね、押さえつけたりして」

咄嗟のことで、自分でも信じられないような力で押さえつけていた。指の痕が赤く残ってしまった細い手首をさすると、瑞己は首を振る。

「ごめんなさい」

誰に言うともなく呟いてリビングを飛び出すと、瑞己は階段を駆け上がっていった。

恵美子は床にへたり込んだ。心臓はまだ、激しく鼓動している。

お母さんは自分のやりたいことが何もない。その言葉に真由美が深く傷つけられたことがわかる。真由美も昔は本が好きだった。趣味と言えば読書以外思いつかないくらいに。

彼女が子どもの頃、夫と二人で決めたことがある。何か買ってあげると言っても、おもちゃなどは欲しがらない子だけれど、本が好きだから、それだけはいっぱい買ってあげよう、と。

真由美はいつも、親が勧めたものには目もくれず、自分で本を選んでいた。意見を口にするのが苦手で大人しいが、はっきりとした考えを持った子どもだった。

夫と別れてからは自分の力で瑞己を育てなくてはと、仕事に奔走してきた。真由美が実家に戻ってきたのは、一人暮らしの親の傍にいるのが親孝行だと思っているからだ。家事を抱え込まずに預けてくれるのも、母に生きがいを与えたいと考えて、敢えてそうしていることも知っていた。

歳をとると、いつしか親と子の立場は逆転する。だが、いくつになっても、昔と同じように色々なことができなくなっても、変わらない愛情をもって見守り続けている。その気持ちを伝えてもいいのだろうか。

恵美子はゆっくりと立ち上がり、真由美の部屋に向かった。

部屋の外から呼びかけるとドアが開いた。心の整理がつかないのか、真由美はまだスーツを着たままだった。血色をなくして、俯いている。

「大丈夫よ」

背中に腕を回して、真由美の背をさすった。

子どもの頃から、泣くほど傷つくことがあっても、何も言わずに堪えてしまうところがあった。そんなときいつもこうしてただ、落ち着くまで傍にいた。

「着替えたら、ご飯にしましょう。そんな気分じゃないのはわかるけど。今日はね、瑞己が初めて夕飯を作ったんよ。たまには三人で食べよう言うて」

「瑞己が？」

真由美は顔を上げた。これまでは、手伝ってと言ったところで、炊飯器で米を炊くことすらしなかったのに。そう思っているのかもしれない。

「今日は鯛を買《こ》うてきて、塩麹に漬けてあるんよ。副菜の小鉢も用意してくれて。わたしはほんまに、ただ横で見ていただけじゃったんよ」

料理に奮闘していた様子を伝えると、真由美はその場にしゃがみこんで、顔を伏せた。

着替えを済ませるように伝え、恵美子は瑞己を呼びに行く。

すでに気持ちを切り替えていたのか、声をかけると瑞己はすぐキッチンに降りてきて、冷蔵庫に寝かせておいた鯛を出した。

魚焼きグリルで焼く間、あらかじめ準備してあったサラダや、お浸し、食器を出したりと、キッチンとリビングを行き来している。

真由美が顔を出すと、椅子に座って待つように言った。今日は手伝い不要だ。

「おばあちゃん、ちょっと来て」

呼びつけられて恵美子がキッチンに行くと、瑞己は魚を菜箸で突き、これってもう焼けてる？　と訊きながらも、スマホを出して調べ始めた。今の子は便利なものを使いこなせる知恵があって逞しい。

準備が整うと瑞己がテーブルについた。最近は休みの日でも三人集まって食事をすることがなかったと、食卓で顔を合わせて改めて思う。いただきます、と手を合わせる。

いつもは真っ先に箸をつける瑞己が、周りの様子を窺っている。それに気づいてか、必ずサラダから食べる真由美が、鯛の身をほぐした。中までしっかり火が通っているようだ、箸で取った白身から、湯気が立っている。

「おいしいね、身がふっくらしてる。どうやったのこれ」

「え、塩麹に漬けて焼いただけ。簡単よ」

瑞己はふいと顔を逸らす。よく見れば、瑞己の皿の魚は、まだ箸もつけていないのに、身が崩れている。焼けているか心配になって、身を突いたり皮をはがそうとしてみたりと、自分の魚を実験台にしたのだ。

「塩麹か。うちではやったことないね」

すると瑞己は東京で料理の本を買ったんだよ、と声を強める。真由美は驚いて顔を上げたがすぐに「そうなんだね」とまた食事を続けた。

「でも、本に載っていたのは鯛じゃのうて鰤《ぶり》じゃったんよな」

恵美子が話を振る。スーパーには両方売っていたのだが、瑞己は初めから鯛を探し、迷わずに手に取ったのだ。

「ねえお母さん、ケの日って意味知ってる？」

「ケノヒ？」

瑞己からの突然の質問に、真由美は首を傾げている。

「お祝いごととか特別な日って、ハレの日言うでしょ。ケの日はその逆で、今日みたいな何でもない日のことを言うの。おばあちゃんの棚名〈ケノヒ〉て言うんだよ」

瑞己は喧嘩の原因になった話を、臆せずに持ち出した。

「みんなハレの日にお祝いしたりするけどね。うちは、ハレの日よりもケの日の方が大事なんだと思う。ほんまに祝うべき日は、ケの日なんよ」

「瑞己の理論で行くと、毎日がお祝いで素敵よね」

恵美子が努めて明るい声を出すと、

「やめてよ。毎日鯛食べてたら破産するでしょ」

真由美がいつもの調子で切り返す。瑞己がふっと唇から息を漏らす。

「今日はおばあちゃんが〈ケノヒ〉の棚主になったハレの日だけど、大事なんはケの日でしょ。だから鯛なの」

「待ってね、なんだか頭がこんがらがってきたわ。ハレの日、ケの日」

　恵美子が顎に手を当てて悩み始めると、真由美と瑞己が顔を見合わせて笑った。だがそれも束の間で、やがて沈黙が訪れた。二人は互いを探るように視線を絡ませる。

「瑞己、さっきはごめんなさい」

　真由美が先に頭を下げた。

「ええよ、うちが悪かった。お母さんはうちのために働かなきゃだめだったんだし、自分の時間削って勉強しなきゃいけなかったのも知ってるのに」

「違うの。家族のために働くんは、あたしにとって、そんな義務みたいなことじゃない。自分がそうしたいだけなんよ。趣味より何より、大切なの。だけど、これじゃあだめだね」

　真由美は力なく笑った。

「お母さんも、本読んだら？　あのね、うちもテスト前とか色々焦るときあるんだけど、そういうときは長編じゃなくて短編を一つだけ読むの。ずーっとうじうじ考えてるよりも、本を読むと、すっとするときがある。悩んでることの、ヒントになったりもするし」

「あたしも読んどらんわけじゃないんよ、時々電子書籍を買ったりしとるから」

「えっ、お母さんそんな話せんかったし」

「読んどるって言ったら、瑞己に『本ばっかし読まんで』って言えんから。心配になるくらい、瑞己が夢中になってるように見えて」

「本だけじゃないんだって。あとでお母さんに、うちの推しの感想読ませてあげる」

「推しの感想？」

首を傾げる真由美に、あとでね、ともう一度言い、「おばあちゃんも冷める前に食べてよ」と瑞己が急かす。

恵美子は鯛の塩麹漬けを箸で割った。たった一時間漬けただけなのに、身が柔らかくなり、甘さも引き立っている。

一人でもちゃんとできるじゃないか。

鯛の身を噛みしめていると、急に目頭が熱くなって、恵美子は鼻を啜り上げた。

「やだ、お母さんどうしたん」

真由美が椅子から立ち上がって、ティッシュの箱を持ってきた。

「なんでおばあちゃんが泣くん？　お祝いが泣くほど嬉しかった？」

慌てる娘の横で、孫が明るい声で笑っている。

この歳になって振り返ってみても、子育ての正解がわからない。でもわからないから面白かったのかもしれないと、今になれば思う。心の成長に合わせて少しずつ変化をつけていくこと。その成長は、毎日一緒にいると見えにくいものでもあるのだけれど。

「ねえお母さん。おばあちゃん棚主になってもええでしょ。大丈夫よ、うちもあの本屋にはこれからも行くし、なんか変だと思うたら、本屋の人に言うし」

誰に対しても、思ったことをはっきり言える。瑞己はそれが自分の強みだと主張する。真由美からしたら、そこが心配の種でもあるのだろうが「お願いね」と笑顔を見せている。信じて、少しずつ手を離していく。

「うちの部屋も本がいっぱいあるし、おばあちゃんの棚に読み終わった本を置かせてもらって、売れたらそのお金でまた新しい本を買うのもええかな、って。お金貯めて東京に遊びに行くとか」

「いけんよ、おばあちゃんの棚はリサイクルが目的じゃないんだから。置く本は日常の暮らしが幸せになるような本だけって決めとるんよ」

「ええっ、初めはうちに棚主を勧めとったのに」

瑞己は目論見が外れて不満げだ。

「あ、そうじゃったね」

食事に戻ろうとしたとき、ふと懐しい記憶が頭に浮かんだ。恵美子は慌てて席を立ち、鞄の中からメモ帳を取り出した。初めての本に書くべきことを、急に思いついてしまった。

書き終えて席に戻ると、なぜかまた二人が笑っていた。

〈本屋スミカ〉の開店から一週間が経った。一棚だけの小さな書店〈ケノヒ〉はどうなっただろう。恵美子は開店の日にお祝いをしに行ってから、まだ立ち寄っていなかった。

本は誰かの手に届いただろうか。瑞己からは、そんなに簡単には売れないからね、と釘を刺されているが、どうしても期待してしまう。

緊張しながらガラス戸を開けると、純夏が明るく迎え入れてくれた。

「石井さんその明るい色の洋服、似合いますね。すごく素敵」

「そう？　褒められると嬉しくなるわ」

マスタード色のロングカーディガンに、花柄のスカートでは派手すぎるかと思ったが、心には一足早い春が訪れていて、明るい色の服が着たくなる。不思議なことに、グレーや黒ばかり着ていた頃よりも、軽やかな気持ちで過ごせるのだ。

自分の棚が気になりながらも、新刊からチェックしようとすると、石井さんの本、売れましたよ、と声をかけられた。

駅前の書店で選んできた本と一緒に、初めて作った折り本を持っていってくれたらしい。子どもの頃の母との関係と、自分が初めて家族のために作った料理について、遠い記憶を呼び戻すのに苦労した。

母が出かけている間に、姉と二人で夕飯の支度をして驚かせようとしたのが、初めての料理だった。母がその日の夕飯のためにとっておいた食材を使って作ろうとして失敗した。今のように簡単にレシピを調べることもできなかったのだ。

食材によって火の通りやすさが違うことも知らなくて、両親の分だけ焦げた炒め物になった。同じテーブルにいながら、自分と姉だけに、おいしい母の手料理を出されたことが忍びなくて、無言のままに食べたのだ。

恥ずかしさから、記憶の奥底にしまい込んでいたが、今では、子どもの努力を受け容れようとして、怒りもせずに娘たちの作ったものを食べてくれた、父と母の温かな愛を感じる思い出に変わっている。

書くことは、思い出すことだ。思い出しても、当時とは違った受け止め方をするのだから、新たな発見をしたような気持ちになる。

「本を購入したのは優しそうな雰囲気の女性の方でしたよ。わたしと同じくらいか、もうちょっと上なのかな。Uターン起業のこととか、色々話をしたんですけれど『いくつになってからでも、新しいことを始められるんですね』なんて驚かれて、嬉しくなってしまいました」

ここに来るのは不思議と同世代の女性が多いんですよ、と言う。

人生の折り返し地点を迎えて、変わらない暮らしに焦りを感じたり、何かを変えたりしたいと思う人が、多いのかもしれない。そんな話を聞いているときに、ふっと真由美の顔が浮かんだ。

「もどかしいくらいに、なんもできん時期ってあるんじゃゃね」

純夏はそうですね、と共感しながらも、恵美子の両肩に正面から手をかけてきた。

「石井さんはこれからが人生の本番ですよ。東京から瑞己ちゃんが連れてきてくれた、あの和綴じ本みたいに、素敵な本を作ってみましょうよ。きっと、誰かの心に届きますから」

「そうじゃね。頑張らんと」

すでに一冊は、誰かの手に渡っているのだと思うと、不思議な気持ちだった。誰に届くかわからない、そのくらいが気楽でいい。

この後は、最近見つけた小さなカフェに寄って、スーパーで買い物をする。それからまた、心に残していきたい本を探したり、文章を書いたりするのだ。

ケの日はハレの日。毎日に、同じ日は一日もない。それを感じられることを、幸せと呼ぶのかもしれない。

第六話

イチョウの記憶

足元で鈴の音が鳴り続けている。

「すみ、ごめん。あとちょっと待って」

桜井悠がパソコンのモニターから目を離せずにいる間も、すみは足首の辺りに体を擦りつけながら待っていたが、やがて痺れを切らして鳴き始めた。

視線を感じて目を遣ると、澄んだ瞳が見つめ返してきた。膝の上に乗せてもらうのを待っている。

「俺には甘えん坊なんだから」

抱き上げて額を撫で、首の辺りを揉んでやった。触れ始めると、仕事をしていても意識が猫にいってしまう。

人の温もりが心地良いのか、すみは膝の上で落ち着いている。

「大分ここにも慣れたかな。初めはどうしようかと思ったけど」

すみを保護猫として迎えたばかりの頃は、家で留守番をさせていた。元気のない日が続き、心配になってペット観察用のカメラを設置すると、飼い主を探して鳴き続ける姿が映った。悩んだ結果、悠はすみを職場に連れていくことにしたのだ。

悠は片手で縞模様の背を撫でながら、デスクの上に広げたままの、便箋に目を落とした。〈本屋スミカ〉の店主、小野純夏から送られてきた手紙だ。

以前、書店の運営や店舗設計について、アドバイスを求められたことがある。手紙は開店の報告だろうと思っていた。だが、それだけではなかった。〈小夜曲〉の棚主、二宮清香に宛てた感想の手紙が一緒に送られてきたのだ。

書いたのは、書店の近くに住む七十歳の女性だというから、誰がどこで読者になるのかは本当にわからない。

「あのとき、二宮さんが修学旅行生にあげた本だよな。すごいな、こんな風に広がっていくとは。なんでもやってみないと、わからないもんだ」

返信メールの続きを打ちながら、悠は唸った。

清香の本が、啓一の棚を目当てに〈フレール〉を訪れた、岡山の高校生の手に渡った。東京土産の代わりとして、その本を譲り受けた祖母が読んで感銘を受け、〈本屋スミカ〉の棚主となった。清香の本を知ってもらうための朗読イベントをしたいという。

「こんなことってあるのか、って思うけど」

偶然のようだが、そうではないのかもしれない。誰かの想いが乗った本が、様々なきっかけで人の手に渡っていくのを、〈フレール〉を一年間経営しながら見てきた。

本を通じて人が繋がる。自分が知らないだけで、他にもいくつものドラマが生まれているのかもしれない。

「もし瑞己ちゃんがまた東京に来る機会があればぜひお声がけください。東京の大学生と話をする機会はもちろん、泊まる場所や食事の手配、個人書店やシェア型書店の案内、行きたいところがあればどこでも連れて行きますよ、っと」

キーボードを叩いて純夏へのEメールを送信すると、悠は椅子を回転させて、ガラス張りになったビルの外に目を向けた。

二階からだと散策路の木々がよく見える。仕事をしながら、季節の移ろいを感じたいという気持ちがあって、一年前この場所に会社を移転した。初めは二階のみのつもりだったが、安くするから一階も借りて何か商売をしてみないかと、ビルの所有者から声をかけられた。それが〈フレール〉を始めるきっかけになった。

飲食店向きの立地だが、通り沿いにはすでにいくつもある。悠は悩んだ結果、書店を開くことにした。

新宿は広範囲にわたる繁華街だが、どこか離島のようだと思うこともあった。

近隣エリアは賃料が高く、商売を始めるのも、続けるのも難しい。企業は利益が出なければ見切りをつけてすぐに撤退してしまう。

それは社員を守り、会社を経営する上で仕方のないことでもあるが、小さな店があった場所にビルが建ち、大手企業が手を出しては、撤退する、そのサイクルが繰り返されているうちに、街に住む人々にとって必要なものが失われていくのを、子どもの頃からずっと見続けてきた。

小、中学校は統廃合を繰り返して減少し、悠の母校も廃校になった。暮らしに必要なものが消えれば、住む人もいなくなる。この街で生まれ育った者の方が、外からきた人よりも息苦しさを感じている。そういう土地なのだ。

地域の人たちのためにと、規模を縮小しながら踏ん張っていた、新宿御苑の近くの書店も、数年前に閉店した。ここに来れば欲しいものがなんでも揃うと言われる街なのに、年々住みづらくなっていく。

暮らしに必要なものは、それを必要としている人たちの手で、作り上げなくてはならないのだと思い至った。〈フレール〉は、新宿区出身、在住の人たちが棚主の書店だ。

「早いなあ。〈フレール〉も、もう一年か」

悠が伸びをすると、すみが膝から飛び降りた。涼しげな音を鳴らしながら、階段に向かって歩いていく。

「ん、店番の棚主さん来たかな」

座ったまま椅子のキャスターを転がして、窓際に寄る。店の入口で凜太郎が、キャリーリュックを地面に下ろし、ポケットをひっくり返している。スマホを探しているようだ。ないと鍵を開けられない。

悠は階段を小走りで下りて、入口のガラスドアをノックした。凜太郎は恐縮したようすで何度も頭を下げている。

すみを片手で抱えてから、ドアを開けた。

「おはよう。鍵忘れたら遠慮なくインターホン押してね。俺が上にいないときでも、遠隔操作で開けられるから」

「すみません、絶対にスマホを忘れちゃいけないって思っていたので、鞄のどこかにはあると思うんですけど」

キャリーリュックの中から、にー、と低い声が聞こえると、すみが反応して腕から抜け出そうとする。

「とりあえず中に入っちゃって」

事務所と書店、二つの入口があるエントランスを抜けて〈フレール〉に入る。悠はすみを床に下ろした。すみは凛太郎のリュックを気にして、周りをうろつき始めた。中に何がいるのか、わかっているのだろう。

凛太郎は店の中に入っても、まだスマホを探している。

「あれ、おかしいな。本当に、持ってきたはずなんですけど」

「出かける直前に、着替えたりした？」

最近店に来るときは、アウトドア用のダウンジャケットを羽織っているが、今日は珍しく丈の短いベージュのコートだ。

「あ、そういえば」

凛太郎はリュックのサイドポケットに手を差し入れた。スマホを見つけ出して、苦笑する。上着を取り替えようとしてそこに入れたのを、忘れていたようだ。

「俺、ちよさん出しておくよ。開店準備どうぞ」

悠はキャリーリュックの上蓋を開けた。

網目の中蓋の向こうに、ぶち模様の猫が収まっている。ファスナーを開くと、ちよが早速外に出て、我が物顔で店内を歩き出した。すみが駆け寄って、母猫に追い縋る子猫のように、後をついて回る。

読書カウンターの椅子に、ちよが軽々と跳び乗れば、すみも真似をする。前足を伸ばして、尻尾にちょっかいを出そうとしている。嫌がったちよが床に下りて駆け出すと、すみがそれを追いかける。

ちよは腰を屈めて作業していた、凜太郎の背中に跳び乗った。

「うお、なんだなんだ。ちよさんか？」

さすがにそこまで追いかけることはできないようだ、すみは凜太郎の肩によじ登ったちよをじっと見つめている。一緒に遊びたいのだ。

いつもは逃げてばかりのすみが、追う側に回っていることに、悠は驚きを隠せなかった。

「二匹いた方が、なんかいい感じだな」

人間と一緒にいるときとは、また違った遊び方をする。

「いつの間にこんなに仲良くなったの？」

凛太郎に訊ねるが、さあ、と首を傾げている。

店の中で寛げるようになるまでには、かなりの時間が必要だと思っていた。すみは警戒心が強くて、隙あらば棚の中に隠れてしまうからだ。

思ったよりも早く店に馴染んだのは、ちよの存在があったからかもしれない。

凛太郎はちよを肩から下ろそうとして、前足を掴む。しかし手の甲に爪を立てて抵抗され、諦めたように背を丸めた。腰を屈めて姿勢を低くすると、ようやくちよが床に下りた。

「ちよさん気性が荒いし、すみは大人しいから大丈夫かなあ、って、思っていたんですけど。心配無用でしたね。ちよさんは野良歴が長いので、色んな猫との付き合い方を知ってるのかも」

「気性荒いの、白根さんに対してだけだったりしてね」

半分冗談のつもりだったが、凛太郎は真顔で頷いている。

「それもあるかもしれないです。僕はちよさん大好きなのに、相手のペースを無視してたから、嫌われちゃってるんですよねきっと。最近色んなこと考えますよ。というか、本当に色んなことに気づきました」

凛太郎は話しながらも、二匹の食事の準備をする。皿を持ってレジカウンターから出ると、猫たちが駆け寄った。

「うちの母親って、悪い人じゃないけど、コミュニケーションが一方通行だなって子どもの頃から思ってて。それがちょっと苦手だったんですけれど、最近『あれ、もしかして僕もじゃない？』って。人に対しては気をつけようって意識していましたが、ちよさんに対しては気を抜いてたっていうか。僕も母親と同じことしてるんですよね。最近は反省して、ちよさんと距離を置くようにしてるんですよ」

「そうかあ」

早く自立したい、と言っていたのはついこの間なのに、何があったのか、随分落ち着いたような気がする。

「ちよさんには一匹になる時間が必要なんだね。すみは人見知りだけど、一度心を許すと恋人みたいにべったりだからな」

「ちよさんのことも、追いかけてましたもんね。すみもいつの間にか、ちゃんと看板猫になりましたよね。って、話をしてても手を止めちゃだめですね」

凜太郎は腕時計に目を落とした。もうすぐ開店の時間だ。

「ちょっと店頭の棚作ります」

凜太郎は自分の棚から、本を抜き取ってひな壇に並べ始めた。

最近は旅のエッセイ、様々な国で買い集めてきたという外国語の書籍や、東京のガイドブックを店頭に並べている。訪れた人との会話のきっかけを作ると、自分の棚にも興味を持ってもらいやすいと気づいたようだ。

棚のディスプレイにも一手間かけている。天井からは小さなハンモックが吊り下げられ、ぶち模様の猫のぬいぐるみが揺られていた。棚主になったばかりの頃にはなかったものだ。

凜太郎の棚は刻々と変化し、ほとんど本が動かなかった〈ハンモックの猫〉は、人気の棚の一つになった。仕事をしていても、人は熱意に何よりも心を動かされると感じるが、本棚も同じだ。

「そういえば白根さんさ、今日店番の後どこか行くの？」

「別に、特には。なんでですか？」

凜太郎は振り向いて、不思議そうに首を傾げている。

「いつもと何か雰囲気が違うなと。あ、春日井さんが来るのって今日だっけ。ノートでやりとりしてたよね」

悠が読書カウンターに向かおうとすると「いやいや、ちょっと」と、腕を引かれた。

凜太郎は毎回、かなり長文の返事を書いている。〈フレール〉の棚主で、凜太郎が彼女に想いを寄せていることを、知らない者はいない。ここに来て、二人のやりとりを読むのが楽しみだという人までいるくらいだ。

「春日井さんいいよね、華やかな雰囲気で」

「本当にそうなんですけどねえ」

自分が褒められたかのように照れ笑いしていたが、表情が曇った。

「今朝はちょっと、何を着たら良いのかわからなくなってしまい、焦って梶原さんに電話したんですけど」

「え、啓一に訊いたの？」

〈フレール〉に置く本や、就活について相談しているのは知っていたが、それ以上の繋がりがあるとは意外だった。啓一を前にすると、安心してあれもこれもと、話をしてしまう気持ちはわからないでもないのだが。

「で、なんだって？」

「知るかよ、って言われて切られました」

その様子を想像して、悠は笑ってしまった。

啓一は最近、〈十二月の庭〉の営業を終えた後、畝田のバーを手伝いに行くことがあると言っていた。床に就くのは明け方を過ぎているはずなのに、電話で叩き起こされても、無視せずに一言反応するのだから、彼のことを気に入っているのだろう。

「変じゃないですかね、服」

「いいと思うよ。気負わずに、いつもの白根さんで大丈夫」

肩を叩くと、凛太郎に笑顔が戻る。

「いいなあ、最近みんな楽しそうで。俺にもそういう出会いないかなあ。仕事で繋がってる知り合いはいっぱいいるし、遊びに行ったりもするんだけど、付き合いは広く浅くだからな。プライベートで親密な関係の人っていないんだよね。啓一は別として」

仕事以外で人と会う時間がないからと諦めていたのだが、それは関係ないと、近頃思い始めている。凜太郎は聡子に一度しか会っていないし、やりとりはノートだけだ。それなのに名刺交換までして、来店する度に話をしている自分よりも、親密な関係を築いている気がするのだ。

「桜井さん、僕、良い方法知ってますよ」

凜太郎は、自信たっぷりな声で言う。

「え、何。教えて」

「桜井さんも、棚主になるんですよ」

そして、上手く話せなくても、本が棚主の人柄を補ってくれるんです、と熱弁を振るい始めた。

「なるほど？」

聡子と何度も話しているのは悠なのに、凜太郎の方が深く交流しているのは、本の力があるからだ。

「梶原さんから言われて、よく考えながら選書するようになって、気づいたんですよね。僕自身もこれまではなんとなく本を買ってたけど、実はなんとなくじゃなかったんですよ。惹かれるポイントや共通項があるんです。それに気づいたら、何を求めているのかが、だんだんわかってくるっていうか。本がきっかけで自分の内側とか背景を話すと初対面でも深い話になるんですよ。結構それが、自分自身を理解することにも繋がってるなって」

随分すらすらと話すと思ったら「実はこれ言うの二回目なんです」とはにかんだ。一回目は、最終面接の場だったようだ。

「春日井さんもそうですけど、本棚が縁結びしてくれるって感じですね、はい」

「え、もう結ばれてるの？」

「いやいや、まだですよ。まだというか」

凛太郎が早口で弁解し始めたとき、店の外に女性の姿が見えた。

噂をしているところに、ちょうど聡子が来店した。ロングコートにロングスカートを合わせて、重くならないバランスで上手く着こなしている。

こんにちは、と微笑みを向けられて、凛太郎の頬が赤く染まった。

見るからに恋をしているというのがわかるのだが、彼女の方はどうなのだろう。

「春日井さんこんにちは。今日お休みなんですよね、ゆっくりしていってくださいね」

悠は声をかけると、空になった皿をレジカウンターの中に持っていく。

本棚が縁結びする、か。確かにそうかもしれない。

皿を洗っている間にも、明るい笑い声が聞こえてきて、二人の会話につい耳をそばだててしまう。

「白根さんは甘いもの食べますか?」

鈴を振るような声がする。

「はい? 時々は」

聡子は不思議そうにしている凜太郎に、提げていた紙袋を差し出した。「これ猫ちゃんの、尻尾なんですよ」と伝えると、紙袋の中を覗き込み、喜々とした表情で顔を上げた。

「桜井さん、ちょっと来てください。すごいですよ」

二人で話をしていればいいのに、なぜここで呼ぶ。

吹き出しそうになるのをこらえながら、悠はレジカウンターの外に出る。紙袋の中身は、透明のフィルムに包まれた、棒状のドーナツだった。ちよとすみを意識したのか、縞模様と黒の尻尾を模したものがいくつも入っている。

聡子は紙袋を差し出したまま、凜太郎を見つめていた。

「あの、ドーナツはあまり好きじゃなかったですか」

「え、好きですよ?」

凜太郎は首を傾げた。二人は言葉もなく、ただ見つめ合っている。

「これ良かったら、桜井さんと二人でどうぞ。差し入れに買ってきたんです」

聡子が改めて差し出すと、凜太郎は驚いて後退りした。

「猫の尻尾のお菓子でかわいいのがあるよ、っていう紹介かと思ってました、すみません」

紙袋を受け取りながら、申し訳なさそうに頭を下げる。

一体どんな解釈だよ、と突っ込みたくなる気持ちを抑えつつ、悠は聡子に礼を言う。

「わたし今日はちょっと、白根さんに訊きたいことがあって」

聡子が鞄から本を取り出した。以前〈ハンモックの猫〉から買ったものだ。かつて世界の文豪が暮らしたという家や、昔の街並みの写真を中心に、作家の生活や著作の紹介などが一冊にまとまった、海外文学への入口になりそうな本だった。

どの作家が、一番好きかを訊いている。外国の風景に憧れて、そこで書かれた物語を読んでみたくなったのだという。

聡子から見つめられて、凜太郎が眩しそうに目を背ければ、足元に猫が二匹寄ってきて、途切れた会話を繋ぐ手助けをする。

もう俺の出番はなさそうだな。

悠が二階に引き上げようとすると、すみが駆け寄ってきた。

「すみは、ちよさんと一緒に店番を手伝ってあげて」

腰を屈めて背を撫でる。少し離れても、すみは悠から目を離さない。時々後ろを振り返りながら、読書カウンターへ向かっていく。店の外に幼い男の子が立っていた。三歳か四歳くらいだろうか。口を開けて、店の中を覗き込んでいる。

「猫目当てかな。今日二匹いるし」

中に入ってもらおうかと思ったが、近くに保護者らしき人がいない。

この辺りに住む人は、良くも悪くも他人に無関心だ。声をかければ誰にでも分け隔てなく親切にする一方で、黙っていれば何もしない。悠はすみを両腕でしっかりと抱きかかえて、外に出た。

「猫、好きなの？」

声をかけた瞬間、男の子は顔を強張らせたが、腕の中の猫を見ると、すぐに悠に近づいてきた。

優しく触ってあげてね、と膝を折って撫で方を教える。恐々と手を伸ばし、すみの背に触れた瞬間に顔を綻ばせた。

「新宿御苑行ってきたの？」

「うん」

荷物が満杯で、リュックサックが肩からずり下がっていた。一人だというのに、不安そうな様子もない。この辺りをよく知っている子どもだろうか。

「何見てきた？」

「イチョウ、大きいやつ」

「散策路の途中にあるやつかな。その先から入ったところにある道ね。綺麗だったでしょ。

誰と行ってきたの？」

　それとなく情報を聞き出そうとしていると、ベビーカーを押した女性が慌てて走ってきた。すみません、と悠に頭を下げ、子どもの手を引いて立ち上がらせた。

「道を覚えてるからって、お母さんたちを置いて先にいかないで」

　叱られて、唇をきつく結んだ。ごめんなさいが出てこない。

　名残惜しそうに何度も振り返る男の子に、悠は手を振った。母親に急かされながら、歩いていく。

「わかるわかる、俺もあんな感じの子どもだったわ。自分のやりたいことしかできないっていうか」

　店内に戻ろうとすると、黄金色に染まったイチョウの葉が道路に落ちているのが目に留まった。拾い上げて、柄を回す。

　男の子が散策路から連れてきたのだろうか。靴の裏についていたにしては、随分綺麗な状態だ。

「あ、もしかして」

　腕時計で日付を確認する。もしかしたら今日なのかもしれない。少しだけ見に行ってみようか。

　悠は店に戻ってすみを床に下ろした。ありがとう、と心の距離を縮める役割をしてくれたことを労って、二階の事務所にコートを取りにいった。

「ちょっと出かけてきます、店番よろしく」

〈フレール〉から散策路に向かって歩き出す。T字路に差しかかったところで、啓一と遭遇した。

いつもよりも目つきが鋭く、唇は真一文字に結ばれている。不機嫌そうに見えるが、眠気をこらえているときの啓一はこういう顔になる。

「あれ、どうした。〈フレール〉行くの?」

答えようとして口元に手を当て、言葉も発せないまま欠伸《あくび》する。それから「まあ、棚の確認に」と改めて言い直した。

今朝、凛太郎に切羽詰まった電話をもらったから、気にかけて顔を出そうとしているのか。

「そっちは」

訊かれて、悠はコートのポケットからイチョウの葉を取り出した。

「啓一、今日なんの日か知ってる?」

「え? 何」

「一緒に行こうよ、すぐ近くだから」

歩き始めると、啓一は欠伸を噛み殺しながらついてきた。新宿御苑の外側を通っている散策路に向かう。

この散策路には、玉川《たまがわ》上水・内藤《ないとう》新宿分水散歩道という名前がつけられている。江戸時代には玉川上水から流れる水が、市中の水道水へと変わる分岐点だった。水の拠点となっていた頃の、街の記憶を残すことを目的に作られた道だ。四季の変化が楽しめる草木が植えられている。

新宿御苑の入園券を買わずとも楽しめる場所で、悠はよく〈フレール〉を訪れた人たちに紹介していたが、自分自身は二階の窓から眺めるばかりで、しばらく足を運んでいなかった。

散策路に入ってすぐ、人集《ひとだか》りが見えた。イチョウの巨木の周りを取り囲んで頭上を仰ぎ、風もない中息を合わせたように葉を散らす、不思議な光景を動画に収めている。

すでに辺り一帯は黄金色の絨毯だ。降り注ぐ葉を捕まえようと、無邪気に手を伸ばす子どもたちの姿がある。

先程の男の子もあんなふうに遊んでいるうち、イチョウの葉がリュックの隙間にでも挟まったのかもしれない。

悠は足を止めて、道の脇に寄った。

「さっき言ってたの、落葉のこと？」

啓一が訊いてきた。

「さすがに知ってるか。俺、イチョウの葉が一日も経たないうちに、全部落ちるって聞いたとき驚いたんだよね。というか、嘘かと思った。仕事行く前にイチョウが散り始めていると、帰りにはもう何も残っていなかったりするって。人から言われるまでさあ、気に留めたこともなかったんだよね。いつの間に、地面が黄金色の絨毯に変わったな、とかそれくらいでさ」

「俺も実際に見るのは初めてかな。随筆や小説で読んだとき、本当にそんなことが起こるのかと信じられなくて、調べはしたけど」

眠気も吹き飛んだのか、啓一はイチョウの木を見上げている。

「今日はラッキーだったな。俺も久しぶりだなー、落葉見るの。近くにいても、毎日通るわけじゃないし、考えごとしながら歩いてると見過ごすし。俺さ、昔は自然に全然興味なかったんだよね。新宿界隈は見渡す限りビルばっかりだし、住宅地はあるけど、庭のある家ってあんまりないでしょ。そもそも公園が少ないし狭いし。でも、昔一度、イチョウの落葉の日に連れてきてもらったんだよ。『今日はギンコーデイなの』って、半ば無理やりだったけど。それからかな、気にかけるようになったのは」

「琴乃《ことの》さん？」

間髪を容れずに、その人の名を言い当てられて動揺したものの、悠は平静を装った。

「そうそう〈ユリノキ〉の琴乃さんね」

「懐かしいな。あの喫茶店に通ってたの、何年前だ？」

高校生の頃、啓一と二人で、看板猫のいる喫茶店に通っていたことがある。目当てはそこに週五日アルバイトに来ていた一回り歳上の女性だったのだが、恋心をひた隠しにして、猫好きのふりをしていたのだった。

〈ユリノキ〉は新宿御苑の西側、繁華街の喧噪から離れた場所で、四十年営業を続けている喫茶店だった。

悠が通学時に通る路地にあり、朝早くても、帰りが遅くても、営業中という札が掛かっているのだが、客が出入りするのを見たことがない。こんな店がどうして続いているのかと気になって、ある日格子戸の向こうを覗いたら、何かがドアの前を行ったり来たりするのが見えた。

「猫か？」

しゃがみ込んで、ガラスに映る影を凝視していると、ドアが開いた。

「席空いてます、あ」

女性の店員が顔を出したが、悠の姿を見ると口をつぐんだ。客ではないと判断したのだ。

十七歳だったが、痩せ型で身長が高くないこともあって、よく中学生と間違えられた。

普段ならどう思われても構わないのだが、なぜだかそれが癪に障って、店に入った。

カウンター六席と二人掛けのテーブルが八席、悠の他に客は誰もいなかった。店主らしき白髪の男性が、カウンターの奥に座って新聞を読んでいるだけだ。

入口のすぐ側には本棚があって、ご自由にお持ちください、と書かれた紙が貼ってあった。文庫本がずらりと並び、一番下の段には、青い目をした賢そうな顔つきのシャム猫が収まっていた。

悠は入口に近いテーブル席についた。

案内をしてくれた女性がすぐにメニューを持ってきた。彫りが深く顔立ちがはっきりしている。冬が近いのに肌は小麦色で、海が似合いそうな人だった。

ブレンドコーヒーを注文すると、「猫好きなの?」と訊いてきた。好きか嫌いかなど考えたこともなかったが「好きです」と答えると、おやつをあげてみる? とカツオのスティックを渡してきた。猫目当てでここに来たと思ったようだった。

「この子、アルストロメリアっていう名前なの。すごく賢いんだ」

「本を読んでるから?」

「え、何それ面白い。でも、わたしやマスターが見てないときに、こっそり読んでるかもね。本棚の中が好きだから」

大人らしからぬ、無邪気な笑顔に目を奪われた。

それから店に通いつめ、彼女の名前が琴乃だということを知った。なぜ客がほとんど来ないのに、なぜアルバイトを雇うのかと不思議だったが、〈ユリノキ〉は近隣の店やオフィスからの注文で、コーヒーや食事を配達していた。

琴乃は配達要員だったのだ。

悠は「本が置いてある喫茶店を見つけた」と啓一を誘い、学校帰りに〈ユリノキ〉で待ち合わせするようになった。

客が来ないのをいいことに、試験勉強をしたり、本を読んだりと、長時間居座っていると、その日に廃棄になるケーキや、ランチのあまりなどを出してくれるようになった。厚意とはいえ、毎回だと気が引ける。悠は時々琴乃の配達を、啓一は店主の料理を手伝うようになった。

二人で配達に出たときに、琴乃が訊いてきた。

「悠くん、こんなにいつも来てて、大丈夫なの？　お小遣いなくなっちゃわない？」

「〈ユリノキ〉に来なくても、他の場所に行くだけだから変わらないと思う。中学校の頃から大体こんな感じだよ。啓一は仲良かったから、うちにも来てたけど」

それを聞き、琴乃は驚きの声を上げた。

「琴乃さんって高校の頃、どこ行ってたの」

「集まって話したり、勉強したりが多かったから、フードコートとかね。ジュース買って公園も行ったたし。でもこのへんって、ただ座って話ができるような場所もないよね。遊び方が違うんだね」

金がなければ友人とも遊べない。公園に行けと言われても、一番身近な公園が新宿御苑だ。他は狭くて数人でいっぱいで、ベンチは大人たちの喫煙所になっている。だから集まるときは、自ずと店になる。

「悠くん〈ユリノキ〉来てね、いつでも。お店は暇だし、わたしも話し相手がいると嬉しいし。コーヒー高いから大変かもしれないけど、いっぱいサービスするからさ」

「琴乃さんっていつも、何時まで働いてるの？」

「十一時から二十時」

「ながー」

「マスターなんて朝八時からだよ。大人はこれが普通です。いいなあ、高校生。働かなくてもお小遣いもらえるもんね」

別に親に金をせびっているわけではない。反論しようとして、悠は口をつぐんだ。小学生の頃から少額で始めた、資産運用の分配金でコーヒーを飲みに来ているのだと言いたかったが、彼女にとっては毎日喫茶店に入り浸るよりも信じられないことだろう。

高校の友人に言っても、大体が嘘だと思われる。親の金で見栄を張っているんだろう、と笑われるだけだった。言ったことをそのまま受け止めてくれるのは啓一くらいだ。

「俺、今日二十時まで店にいようかな」

「なんで？」

あ、悠くんここだよ、とビルを指し、琴乃が笑顔を見せている。エレベーターの中で二人きりになると、そういえば昨日配達でさあ、と話題を変えてきて、もっと話をしたいから、とは言えなくなった。

配達を終え、店に戻ろうとすると「ちょっと待って」と琴乃が立ち止まった。

「悠くん、行きたいところがあるんだけど、付き合ってくれる？」

「え、いつ」

「今」

不思議に思いながら了承すると、琴乃は〈ユリノキ〉に電話をして、これから休憩を取りたいと告げた。

向かった先は、新宿御苑の脇にある散策路だ。人が集まって、イチョウの木を見上げていた。風もないのに、葉は止めどなく落ち続け、地面に黄金色の山を築いている。

「間に合った。今日出勤前に散り始めてたから、もしかしたらもう、全部散っちゃったかと思った。ギンコーデイ。魔法みたいでしょ。今日で秋が終わって冬になるんだよ。わたしの大好きな瞬間を、悠くんに見せたかったんだ」

琴乃は二年前に一編の詩を読んで、イチョウが一日にして落葉するということを知り、この時期は仕事に来る前に、散策路を通るようにしているのだそうだ。

音もなく降り積もっていくイチョウの葉を眺めながら、たわいのない話をした。自分のことを話す時間も、想いを伝える時間もあった。だがその横顔を見つめるだけで、悠は何も言えなかったのだ。


「悠が猫好きになったのって、あの店からじゃない？」

啓一はイチョウの柄を指先で摘まんでくるくると回している。

「言われてみると、そうかもしれない」

アルストロメリアは、もともと常連客の飼い猫だった。その人が亡くなった後、親族の誰もが飼えないと言い、店主が引き取ったのだ。猫のために店を禁煙にしたら、客が離れてしまい、配達を始めたのだと言っていた。

「初めは、ああいう店がなんでなくならないのかって、興味を持っただけだったんだけど」

子どもの頃から家族で外食をしても、観察から入るのが常だった。店を気に入るとすぐにどの会社が母体かを調べ、株式が上場しているかどうか、経営状況などを確認し、各々の考察が食事中の話題になるような家で育った。

「悠の家族って、そういうのを考えるのが好きだよな」

「本当にそう。ホテルに泊まっても、食事に行っても、海外旅行ですら全部視察みたいだったからなあ。うちの家族は全員、仕事が趣味みたいな人間だからね。そりゃ、独立以外考えられなくなるって」

飲食店コンサルタントは悠にとって身近な仕事で、それを主軸にして事業を広げると決めたのも早かった。

「あんなに良くしてもらってたのに、ぷつっと行かなくなってしまった」

悠が呟くと、啓一は物言いたげな視線を投げかけてきた。

「もう時効だから言うけど、俺、本当は猫じゃなくて、琴乃さんのことが好きだったんだよね」

「知ってる」

何を言うでもなかったが、啓一なら気づいているとは思っていた。

「でも琴乃さんは本が好きで、いつも啓一にばっかり話しかけてさあ。誰だよ、モテるためにはバンドやれ、なんて言ったのは」

「そういやギター持ってたよな」

当時家にはエレキギターのセット一式があった。勢いでクラスメイトを誘ってバンドを作ってみたものの、すぐに解散になった。ギターは買ったきりほとんど触ってもいない。弾きたい曲もなかったから、当たり前ではあったのだが。

「まあ、俺が何やってても関係なかったね。琴乃さん彼氏いたし。配達であちこち行ってれば、声かけられるもんな。愛嬌がある人だったから」

ある日、帰りの時間を合わせてどこかに誘ってみようと目論んでいたら、琴乃の恋人が店まで彼女を迎えに来た。三十代半ばくらいの、近隣のオフィスに勤める会社員だった。「君らが噂の格好いい高校生たちか」と大人の余裕を見せられて、無性に腹が立った記憶がある。

琴乃の気を引きたくて、しばらくの間、店に通うのを止めることにした。足が遠退くと、なんとなく行きづらくなり、家の方があの店よりもおいしいコーヒーを置いているとか、時間も気にせずに、好きなだけだらけられるとか、行かない言い訳を作り出す。啓一は特に何も言わずに、また悠の家に入り浸るようになった。

今思えば、大人ぶるのはやめて、懐いてしまうのが得策だった。猫を見ているとよくわかる。

「思い出してみると、あの環境って結構すごいよね。コーヒー飲みに行って長居していると、猫のついでみたいに、マスターから食事出されてたし。啓一も俺も、当たり前みたいに食べてたけど」

啓一は顎に手を当てて、視線を斜め上に向ける。

「俺も今〈十三月の庭〉で、似たようなことしてるな」

「あ、そうなの？」

「夕方仕込みしてるときに、来るようになった人がいる。試食の手伝いならできます、って。別に頼んでもないけどな。そこに居られると、何か出したくなる気持ちはわかる」

「最近フード少しずつやってるもんね」

早い時間から店に入って、仕込みをしていることがある。先日試食させてもらったアクアパッツァは、専門店のような本格的な味だった。啓一は凝り性で、食材選びにもこだわって、とことん追究する。

もしかすると、料理の道に進もうと思ったきっかけは〈ユリノキ〉だったのかもしれない。親がほとんど不在の家庭で育ったこともあり、中学の頃から料理が上手かったが、好きというよりは、作業という感じだった。だから高校を卒業後、調理師の専門学校に行くと聞いたときには、少しだけ驚いた。

話をしていると、久しぶりに〈ユリノキ〉に行ってみたくなる。だが、それももう叶わない。駅周辺の再開発により、その一帯にあった古い建物は取り壊された。

新宿は新陳代謝の良すぎる街だ。地方の開発が取り沙汰されることが多いが、すでに発展した都会の方が、様々なものが失われるのが速い。子どもの頃の思い出の場所はもちろんのこと、追い立てられるように、人生の大切な記憶と結びついていた場所も消えていく。それでもなお開発は続き、街は新しくなる。きっとこの先もずっと、そうなのだろう。

琴乃とマスターは今、どうしているだろうか。

世話になっておきながら、挨拶もしないままに関係を絶ってしまったことは、悠の心残りにもなっていた。

落葉をしばらく眺めて、散策路から〈フレール〉に戻った。悠はそっと、店の外から凛太郎と聡子の様子を窺った。

作業台の上に本を載せて開き、二人は話に夢中になっている。凛太郎の眼差しは普段よりも柔らかい。

「頑張ってるなあ、白根さん。相手は年上で社会人なのに」

過去の自分と琴乃を、二人に重ねる。

悠はドアに手をかけた。「眠いから帰るわ」と啓一は道を引き返していった。やはり凛太郎を心配して、見に来たのだ。

おやすみ、と悠が手を振っていると、凛太郎が飛び出してきた。

「梶原さん」

啓一に向かって声を張り上げる。振り返るのも待たずに駆け寄っていく。隣に並ぶと、凛太郎は興奮した様子で何かを伝えた。啓一は目を細めて聞いている。

聡子が店の外に出てきて「桜井さん」と横に並んだ。

「実は今さっき連絡がきて、白根さんの就職が決まったみたいなんです」

「ええ、本当に？」

「ここで棚主をやっていなかったら、絶対に決まらなかったって言ってました」

最終面接では〈フレール〉で棚主になって知った、本を通して人と繋がる経験について話をしたと言っていた。自分自身が小さな店を持つことで、物を継続して売る難しさを知り、仕事に対する視野が広がる。それが活かされたようだった。

凛太郎は啓一にまだ頭を下げている。背を叩かれて顔を上げ、二人は握手を交わした。

「これはもう、白根さんの人徳の勝利だな」

聡子はそうですよね、と頷いている。

「白根さーん、おめでとう」

悠が拍手を送ると、別れの挨拶を済ませた凛太郎が駆け戻ってきて、その勢いのまま手を掴んだ。息を吐き出しながら脱力してしゃがみ込む。

「桜井さんも、本当にありがとうございました。大丈夫だって言ってもらって、自信を持って面接を受けられました。僕はいつも『何をやってもどうせだめだ』って思い込んで自分に期待することさえ、できなくなっていたんです」

想い人がすぐそこにいるのに、構わずに自分の弱さをさらけ出せるのは、ある種の強さではないのか。

聡子が凛太郎の頭上から、惜しみなく拍手を送っている。

「改めて、おめでとうございます、今日は盛大にお祝いしなくちゃいけませんね」

一番喜びそうな相手からの言葉に、反応がない。感情のスイッチが切れてしまったのかと揺さぶると、凛太郎は、これまでにない真剣な目をして立ち上がり、聡子に向き直った。

「春日井さん」

改まった声で名前を呼ばれ、聡子は薄く口を開いたまま、目を瞬《しばた》かせている。

「店番始めたばかりなので、今日はだめかもしれないですけれど。よかったら、今度一緒に書店巡りしませんか。さっき紹介した本とか、一緒に探せますし。ドーナツのお礼というか、いや違うな。僕は春日井さんからかけてもらった言葉のおかげで、気づいたことがたくさんあって。ええと、とにかくお礼がしたいんです」

凛太郎は聡子の手を握りしめていた。

いつとは決めていなかったにせよ、就活が終わったら聡子に対して何かしらのアクションを起こそうと思っていたのだろう。

「あの、一緒に本屋さん行きたいです。今日、お店番終わった後でも」

聡子は「もし時間があったら、さっき話をしていた、猫ちゃんのおもちゃも一緒に見に行きませんか？　何が好きか実験です」と、笑顔を見せる。

これほどあっさりと了承されると思っていなかったのか、それとも誘った後のことまでは考えていなかったのか。凛太郎は呆然と立ち尽くしている。

ここは背中を押すべきか。

「よかったら、今から行ってくれれば？　今日は俺いるし、ちよさんも預かれるから。ちょっと早いけど、ランチでお祝いもいいんじゃない？」

凜太郎と聡子は顔を見合わせている。

「春日井さん、本当にいいんですか？」

凜太郎は恐々と聡子に訊く。頷くのを見ると、両手の拳を握りしめ、勝利を噛みしめるように瞼を閉じ、やったぁ、と押し殺した声を漏らした。背中を丸めて静かにガッツポーズを作った。

悠はその無邪気な姿を見て、つい笑ってしまったのだった。

「ごゆっくりどうぞ。白根さん、時間は気にしなくて大丈夫だからね。就活終わった解放感を味わって」

一旦店に戻り、凜太郎が本を片づけて、出かける準備をしている間に、聡子の会計を済ませる。申し訳なさからか、いつまでもその場に留まろうとしている凜太郎に、悠はコートを手渡した。

「桜井さん、お土産たくさん買ってきますから」

凜太郎は悠の手を取って、ぎゅっと握った。

「お土産は別にいらないって。そういえばさっき啓一と、散策路に行ってきたんだけどさ。今ちょうどイチョウの葉が落ち始めたところだった。綺麗だから見てきなよ。イチョウの落葉は独特で、落ちるときには一気に全部葉が落ちるんだよ。風が出始めると本当にすぐだから、もし見るなら、先に行った方がいいかもしれない」

「わたし、見てみたいです」

聡子が小さく手を挙げる。

「じゃあ先に、散策路に行きましょうか」

凛太郎がコートを羽織ると、悠は二人を店の外へと送り出した。

後ろ姿を眺めていると、いつかの想いが報われて、幸せを分けてもらえるような気さえする。

悠は誰もいなくなった店内に戻った。愛猫はちよと二匹で窓際に並び、日光浴を愉しんでいる。

振り返り、改めて冬の陽射しが差し込む店を眺めた。

「さて、と。今日もこっちは通常運転でいきますか」

腕を天井に向かって伸ばしたとき、店の前で話をしていた女性二人が、看板猫に誘われるように〈フレール〉に入ってきた。


仕事を終えて家に帰ると、悠はペットキャリーからすみを出した。

「今日もおつかれさまでした。よく頑張ったね」

甘えてくるすみの首輪を外し、抱き上げて寝室に連れていった。部屋着に着替えてベッドに横たわると、すみが腕と身体の隙間に潜り込んでくる。内側が暖かいことを知っているのだ。

「賢い子だな」

〈ユリノキ〉でアルストロメリアと触れ合わなかったら、すみを迎えることもなかったし、店に連れて行こうという発想すらなかっただろう。猫は家につくものだと聞いたことがあったからだ。

ふいに思いつくアイデアは、自分がどこかで経験してきたことなのかもしれない。無意識下に沈んでいたものが、ふっと浮かび上がったとき、それが新しい考えであるかのように思ってしまうだけで。

「今やってる仕事で出会う人たちが、次に俺がやろうとする何かに繋がっていくんだね、きっと。叶えられなかったことって、ずっと残るのな。俺、大人になってから無意識に全部追いかけてる気がする」

そういえば、と悠は起き上がった。

悠が〈ユリノキ〉に行かなくなってからも、啓一は時々義理堅く顔を出していた。啓一を介して渡された、琴乃からの手紙がある。〈ユリノキ〉が閉店する少し前だった。そのときは読んでも相手の気持ちを汲める気がしなくて、しまい込んでしまった。

収納を開いて、手紙を保管しているケースを手に取った。一通だけ別の仕切りの中に入れてある。淡いピンク色の封筒には、悠くんへ、と書かれていた。

ベッドに戻ると、ペーパーナイフで封を切った。

便箋三枚に亘《わた》って書かれた、長い手紙だった。もうすぐ〈ユリノキ〉がなくなるという報告と、悠が遊びに来るようになって、二人で配達を回りながら話をするのが楽しみで、それが自分にとってかけがえのない時間になった、と綴られていた。

啓一から聞いたのか、大学に入ったら起業すること、そのために投資や経営に関する知識を深めようとしていることにも触れ、最後は「いつかわたしと啓一くんのために、なくならない本屋も作ってね」という一文で結んであった。

便箋を封筒にしまおうとすると、イチョウの葉が入っているのに気づいた。琴乃がいつも、栞に使っていたものかもしれない。

悠はベッドに倒れ込んだ。

この手紙にはもう、返事を出すことができない。

「色々と手遅れだけど、偶然なのか、本屋は作ったな。あれ、啓一って琴乃さんがこういうこと考えてたの知ってて〈フレール〉の棚主になってくれてるとか」

〈十三月の庭〉は、本棚もすべて啓一に任せているから、そちらで本の販売をすることもできる。だが彼はそれをしなかった。

「好き勝手やってると思っていたけど、知らないうちに俺は、色んな人の期待を背負ってないか？」

新しく生まれ変わり続ける街の中に、誰かにとっての大切な記憶を残す仕事がしたい。その難しさをよく知っているからこそ、できるのではないか。

「これはやるしかないでしょう」

なくならない本屋という言葉が、すっと胸に入ってきたのは、それが今の自分にとって必要な言葉だからだ。琴乃からの手紙は、あのときではなく今読むべきものだったのかもしれない。

「とりあえず白根さんに言われたように、棚主やるか。そういや小野さん、自分の店で棚主もやってるって言ってたっけ」

彼女はなぜ、棚主になったのだろうか。店で販売している本と自分だけの本棚を、どう差別化しているのかも訊いてみたい。縁があって連絡をくれたのだから、純夏の書店と一緒に何かをするのはどうだろう。

「出張本棚とか？　期間限定でうちと向こうの棚主の希望者で、棚を入れ替えてみるのも面白いかもな。小野さんそういうの好きそうだし」

一度考え始めると、次々とアイデアが浮かんできて、悠は起き上がった。デスクについて、仕事用のラップトップを開いた。

〈トリプルセック〉が〈本屋スミカ〉に行ったら、瑞己がまた買い占めるだろうか。それとも、今度は他の誰かに推すのだろうか。清香の本が、棚のテーマになっているという〈ケノヒ〉が〈フレール〉に来たら〈小夜曲〉の棚と並べてみたい。清香は何を思うだろう。

アイデアを生み出そうとするとき、いつも誰かの顔を思い浮かべている。

「何か良い出会いがありますように。なんて、本当はもう十分すぎるくらいに、出会いに恵まれてるんだけどね」

振り向くと、呼ばれるのを待っていたかのように、すみが悠のもとへ来た。

抱き上げて膝の上に乗せた。陽だまりのような温もりに、いつかの幸せな記憶がふわりと蘇って、消えていった。

あとがき

私がシェア型書店の棚主になってから、二年半が経ちました。店番をするたびに、棚主になるって実際はどんな感じ？　とたくさんの方に訊ねられ、コミュニティとしての書店が、以前と変わらず注目され続けていることに驚きます。

本を買う行為そのものが、コミュニケーションになるところが、他にはない面白さではないかと思います。シェア型書店の棚に置かれている本は、売れるそのときまで棚主個人の所有物です。棚を眺めながら「この方とはきっと気が合うだろうな」「こういう本を集めるのは、どんな人なのだろう」などと、棚主のことを想像してしまうのもまた、特徴の一つかもしれません。「シェア型書店に、人の関わりを描いたシェア型書店の小説を置いたら、きっと面白がってもらえるだろうな」などと考えたことが、この物語を書こうと思ったきっかけでした。

本書の刊行にあたって、たくさんの方にお力添えをいただきました。

イラストレーターのわみずさま。『紅茶と猫と魔法のスープ』に続き、素敵な装画をありがとうございました。ちよが凜太郎の肩に乗るシーンは、イラストを見て追加しました。影響を受けながら、一緒に世界観を作る時間がとても好きです。

編集の佐藤さまにも、またまたお世話になりました。通常なら人には絶対に見せない段階の原稿から読んでもらっているからか、今やもう、古くからの友人のような気さえしています。他の人とはできない仕事がしたいと思い、今回は小説の舞台の一つを佐藤さまの出身地、岡山県にしました。用水路のある風景の話を聞いて興味を持ち、現地に赴きました。町の変遷を感じたり、そこに住む人たちの暮らしを覗いたりしながら想像を膨らませていくのは、楽しいひとときでした。

小説中の三世代に亘っての方言は、岡山県在住の方々にご協力いただきました。前作以上に多くの助けを得て、一人では書くことのできない物語が生まれました。携わってくださった方々に、厚くお礼申し上げます。

執筆を支えてくれた家族や、会えない時間が長くても見放さず、いつも優しく励ましてくれる友人たちに、心からの感謝を。そしてここまで読んでくださった読者の皆さま、本当にありがとうございました。今回は短編ですが、物語同士の繋がりを意識して、ケの日のささやかな変化を、積み上げるように書いてみました。何か一つでも、心に残る言葉があれば嬉しいです。

二〇二四年十月　佐鳥理

ことのは文庫

書棚《しょだな》の本《ほん》と猫日和《ねこびより》

2024年10月27日　初版発行

著者　佐鳥《さとり》 理《さとり》

発行人　子安喜美子

編集　佐藤　理

印刷所　株式会社広済堂ネクスト

発行　株式会社マイクロマガジン社
URL：https://micromagazine.co.jp/
〒104-0041
東京都中央区新富1-3-7 ヨドコウビル
TEL.03-3206-1641 FAX.03-3551-1208（営業部）
TEL.03-3551-9563 FAX.03-3551-9565（編集部）

本書は、書き下ろしです。
定価はカバーに印刷されています。

ISBN978-4-86716-644-4　C0193
乱丁、落丁本はお取り替えいたします。